NO LIMIT LA VIOLENCE !

L'auteur

Arthur Ténor est un adulte qui a su garder un cœur d'enfant. S'il se définit plutôt comme un romancier de l'aventure, c'est aussi un auteur réaliste, témoin de son temps, qui aborde certains thèmes « sérieux » ou graves (le harcèlement avec *L'enfer au collège* chez Milan, la liberté d'expression avec *Je suis CharLiberté* chez Scrineo…).

En dehors de l'écriture, il apprécie beaucoup les rencontres avec le public, que ce soit sur les salons, en milieu scolaire ou autres.

8 rue Saint-Marc, 75002 Paris
Diffusion : Interforum

Directeur éditorial : Jean-Paul Arif
Éditrice : Floria Guihéneuf
Mise en page : Virginie Langlais
Correction : Anne-Sophie Bord
ISBN : 978-2-38167-079-9
Dépôt légal : janvier 2022

ARTHUR TÉNOR

NO LIMIT LA VIOLENCE !

ScriNeo
engagé

Merci à Nathalie qui, comme moi,
a une sainte horreur de toutes les formes de violence.
La vie est tellement plus belle dans la sagesse
et la tempérance…

1

Vive la rentrée !

La voiture s'immobilise le long du trottoir, à une petite centaine de mètres de l'entrée du collège Voltaire. Une foule de jeunes gens, souvent accompagnés d'adultes, leurs parents sans doute pour la plupart, converge vers la grille où se tiennent d'autres adultes. L'un d'eux est une femme mince, brune aux cheveux courts, et souriante, d'une cinquantaine d'années. Hugo reconnaît la Principale, qu'il a rencontrée voilà une dizaine de jours pour son inscription « de dernière minute ». L'ambiance n'était pas à la joie. Son père venait d'être rapatrié du Sénégal en avion sanitaire, puis aussitôt hospitalisé. Certes, son pronostic vital n'était pas engagé, comme on dit aujourd'hui, mais tout de même… Et puis, il y a eu l'emménagement précipité, d'abord chez les grands-parents paternels, puis dans une petite maison en location… Quelle fin d'été !

Il émet un soupir. Il faut y aller.

– Tu es sûr que tu ne veux pas que je t'accompagne, ne serait-ce qu'un petit moment ?

Hugo regarde sa mère et lui sourit. Il remarque ses mains crispées sur le volant, trahissant l'intensité de sa bataille intérieure.

– Je préfère que tu rejoignes papa.

Elle le considère avec une infinie tendresse, ses yeux bleu ciel luisant d'émotion.

– Je suis si fière de toi, murmure-t-elle en posant une main douce sur sa joue droite.

Il la fixe avec une expression pouvant signifier : « Je n'ai pourtant jamais rien fait de spécial. » Il comprend toutefois ce qu'elle ressent à son égard, conscient qu'il n'est pas un ado difficile, bien au contraire. Il a toujours à cœur, surtout depuis que son père a attrapé cette maudite maladie tropicale, de causer le moins de souci possible à ses parents. Il s'efforce de montrer un visage toujours avenant, d'être conciliant en toutes circonstances, patient, tolérant, pas trop exigeant sur les tracas du quotidien, même si parfois, il doit se mordre la joue pour cacher ses propres inquiétudes ou ses insatisfactions. Parce qu'il en a, comme tout adolescent de quatorze ans qui se respecte. Le contraire serait préoccupant.

Ce tempérament, qui place la tolérance et la maîtrise de soi en tête des exigences de la vie en société, il le doit au mode de vie nomade de sa famille – depuis qu'il est venu au monde, il n'a jamais vécu plus de trois ou quatre ans dans le même pays – et à quelques belles rencontres. Et ce qu'il a vu des misères humaines dans certains coins du monde, pas forcément très reculés, lui a permis de savoir où placer ses priorités.

Aujourd'hui, jour de rentrée scolaire en France, sa priorité est de minimiser la portée de cet événement, afin que ses parents n'aient pas à ajouter un souci de plus à ceux du moment. Et de faire bonne figure ! C'est tout.

– Bon, ben, j'y vais. Tu reviens me chercher à 17 heures ?

– Bien sûr. Envoie-moi un SMS ou passe-moi un petit coup de fil vite fait, dès que tu peux.

– Houlà ! Qu'est-ce que tu me demandes ? Bon, je verrai si mes nouveaux copains m'en laissent le temps. À toute !

Il l'embrasse, puis bondit hors de la voiture.

Mme Lancelot le regarde s'éloigner, tentant de déceler dans sa démarche volontaire et souple, le sac à dos sur l'épaule, s'il est aussi décontracté qu'il s'en donne l'air. Tout à coup, elle fronce les sourcils ; il a mis la chemise blanche que portent tous les élèves de son collège précédent, au Sénégal. Ici, il n'y a pas d'uniforme, si ce n'est le très largement répandu trio sweat-jean-baskets. Est-ce que cela ne va pas le faire discriminer dès le départ ? Ici, les jeunes ne sont pas tendres avec les différences. Une « erreur » de look ou un choix de marque hors tendance peuvent coûter cher en moqueries et remarques désobligeantes. Elle tente de se rassurer en se rappelant que son fils ne manque pas de personnalité et qu'il saura se défendre si besoin. Enfin, elle l'espère…

Au même instant, Hugo se fait à peu près la même réflexion. En observant tous ces jeunes vêtus dans des couleurs où dominent les gris, les noirs et les bleus – surtout le bleu jean –, il se rend compte qu'il va faire tache avec sa chemise immaculée d'écolier sénégalais. Il croyait que ce serait de bon ton, il se rend compte maintenant que ce ne sera pas le cas. Tant pis, demain, il changera de tenue… Un mince sourire se forme aux commissures de ses lèvres. Demain, il mettra sa chemise hawaïenne resplendissante de couleurs exotiques.

Le voici dans la cour goudronnée cernée de bâtiments cubiques – sans caractère, mais modernes –, qui seront son environnement le plus familier pour les dix mois qui viennent. Il ne s'est pas positionné à l'écart, mais bien au milieu. Et il attend, sac au pied. La cérémonie d'accueil ? Pas seulement. Il essaie de deviner lequel, parmi ces garçons entre douze et seize ans, va venir le premier à sa rencontre. Peut-être que ce sera une fille. *Tiens*, songe-t-il, *j'ai le trac*. C'est bien la première fois qu'il éprouve un tel pincement au creux du ventre un jour pareil.

Les années précédentes, il n'éprouvait que de la joie, une intense curiosité, et l'impatience de faire connaissance avec de nouveaux camarades. Or, là – il consulte sa montre –, cela fait près de cinq minutes qu'il est arrivé, et personne ne l'a encore abordé. Il se souvient avec un peu de nostalgie qu'au Sénégal, il ne lui avait pas fallu attendre plus de trente secondes avant qu'on vienne le saluer, se présenter, l'inviter à se joindre à tel ou tel groupe. Là, pour le moment… Outch ! Un trio de jeunes rigolards, deux garçons et une fille, vient de le bousculer. Ils ne s'excusent pas, ne lui adressent même pas un coup d'œil. Bizarre.

– Un conseil, mec. Méfie-toi de ces trois-là. On les appelle le Trio infernal, et ce n'est pas pour rien.

Hugo dévisage le jeune qui vient de lui glisser cet avertissement, un petit brun à lunettes. Il le remercie, mais le voici déjà qui s'éloigne vers d'autres horizons. *Bon, je me le tiendrai pour dit*, songe-t-il. Il reprend son observation. Jusque-là, il ne se sentait pas spécialement en milieu hostile, mais voici que son regard a un peu changé.

Il remarque qu'autour de lui, les gens se déplacent moins, signe sans doute que la cérémonie va commencer. Il repère les groupes d'anciens amis qui se retrouvent joyeusement, se cognent le poing, se donnent l'accolade parfois, façon basketteurs américains, en se tapant l'épaule. Il y a les intimidés qui restent collés à leurs parents ; des « petits » sixièmes surtout, mais pas que. Les filles aussi l'intéressent. Elles sont plutôt mignonnes, enjouées, nerveuses pour celles qui se mordent les lèvres tout en jetant des regards anxieux alentour.

Pour cette nouvelle année, il s'est promis de faire des étincelles dans tous les domaines, dont celui de la séduction. Ce n'est pas gagné, car il est conscient de ne pas disposer d'un physique de tombeur : de taille moyenne, la musculature fine, mais rapide et efficace (aux jeux d'adresse, personne dans sa catégorie ne saurait rivaliser), la chevelure châtain clair mi-long, ce qui n'est pas vraiment à la mode, il le sait. Ses traits sont réguliers, mais sans charme particulier. Restent ses yeux d'un joli noisette, à l'expression rieuse, même quand il est triste, ce qui n'arrive de toute façon jamais…

presque jamais. Donc oui, son corps ne sera pas un atout déterminant, alors il tentera par l'esprit et la gentillesse, ainsi que par l'humour, de compenser.

– Un, deux. Un, deux, trois. C'est bon, vous m'entendez bien !

C'est parti pour le discours de rentrée. Mme Larcher souffle dans le micro qu'elle tient à deux mains. Elle aussi a le trac, ce qui est un bon point pour Hugo. *L'année de ma quatrième commence*, pense-t-il en soupirant. Et de nouveau, il ressent ce petit pincement au creux du ventre.

Tandis que la principale souhaite la bienvenue à tous, avec une mention spéciale à ceux qui découvrent le collège Voltaire pour la première fois, Hugo repère un curieux manège. Là-bas sur sa droite, un pack de cinq garçons de quatrième, ou peut-être de troisième, en lorgne un autre, à l'opposé de l'assemblée, qui lui rend le même type de regard bas que l'on croirait volontiers menaçant.

– Eh bien, nous allons maintenant passer à l'appel, en commençant par Mme Bignon, qui sera la professeure principale des 6e C.

Voici venu le très attendu et parfois redouté moment de la constitution des classes. Hugo déconnecte pour s'intéresser de nouveau aux adolescents de son âge. Une pensée anxiogène vient ternir encore un peu plus la joie de cette journée de grandes nouveautés. Sa grand-mère l'a averti hier que son nouveau collège était devenu, ces dernières années, le chaudron d'une rivalité de quartiers aux causes indéterminées, si ce n'est la présence du canal qui les sépare. D'un côté s'étend celui dit des Mariniers, avec sa zone pavillonnaire et sa petite cité HLM ; de l'autre, celui des Tanneries, tout aussi résidentiel… en vérité, sans grandes différences. Les Lancelot vivent dans le premier. Une rivalité causée par la présence d'un cours d'eau ; pour Hugo, voici une explication de la plus haute étrangeté. Quoi qu'il en soit, elle est sans doute la cause de ces vibrations d'hostilité qu'il a perçues tout à l'heure. Il esquisse un haussement d'épaules en se disant que cela ne saurait le concerner, ni de près ni de loin. Il est citoyen du monde, et pour lui, la terre n'a pas – ou ne devrait pas avoir – de frontières.

Il reste tout de même lucide ; sa planète idéale, si elle existe, ne peut se trouver que très loin, au fin fond de la galaxie.

2

L'étincelle

À la sortie de la première heure de cours, Hugo est plutôt content. Leur prof principal est sympa, il a même un peu d'humour, et la prise de contact avec la classe est plutôt prometteuse. En plus, il en a été le centre d'intérêt – juste ce qu'il faut – pour intriguer ses nouveaux camarades. Sollicité par l'enseignant, il a pu expliquer que, depuis sa naissance, il a parcouru le monde en tous sens et a vécu au moins une année sur chacun des cinq continents. Il n'était pas peu fier également de révéler que sa mère est ingénieure agronome, employée dans une prestigieuse organisation internationale dans le secteur de l'agroalimentaire, et son père prof d'éducation physique. Par contre, quand un élève lui a demandé où il habitait, sa réponse a produit comme un blanc. Le prof s'est empressé de passer à autre chose ; les emplois du temps, en l'occurrence.

Dans la cour, l'un des garçons de sa classe, un certain Rémi Bastiani – un grand brun pâle à la démarche chaloupée – l'aborde pour évoquer un sujet de la plus haute importance :

– Alors comme ça, tu habites dans le quartier des Mariniers ?

– C'est ça. Et alors ?

– Non, rien. Mais tu as intérêt à bien choisir tes potes.

– Ah bon ? Pourquoi ?

– Oh, c'est une vieille histoire. Dans la classe, on vit en majorité du bon côté du canal. On est des Tanneries. Pas toi. Ça doit être fait exprès, parce que tu es nouveau dans la région. À part ça, tu as quoi comme console de jeux ?

– Je n'en ai pas. C'est un problème ?

– Non, marmonne le garçon d'un air affligé, comme s'il considérait son condisciple comme un miséreux numérique.

– Et tu as quoi comme smartphone ?

– Un Archos que mon père m'a refilé. Et si ça t'intéresse aussi, j'ai pas la télé dans ma chambre, j'ai pas de scooter et pas de vélo non plus. Pas encore…

Deux filles s'approchent, souriantes, intriguées dirait-on. Elles aussi sont dans sa classe :

– Par contre, ta chemise, elle est trop stylé ! lui lâche l'une d'elles, la lippe cependant un peu molle. Tu l'as trouvée où ? Dans un vide-grenier ?

Éclat de rire. Pincé dans sa fierté, Hugo se renfrogne :

– Là d'où je viens, tous les élèves portent la même. Ça évite ce genre de question.

– Oh, ça va ! Je ne voulais pas te vexer, c'était juste pour rire.

– Et là d'où je viens, on rigole aussi beaucoup, mais peut-être pas des mêmes choses.

Et toc ! pense-t-il. *Prends ça dans les dents.* Pourtant, la fille sourit. Il note qu'elle est plutôt mignonne, et sûrement pas aussi railleuse qu'elle s'en donne l'air. D'ailleurs, elle enchaîne :

– C'est drôle comme tu parles. Tu ne viendrais pas d'une autre planète, par hasard ?

Hugo tique. *Tiens, c'est pas bête, ça !* songe-t-il, lui qui s'est souvent rêvé explorateur anthropologue. Étudier et essayer de comprendre les mœurs sauvages de cette population indigène, ça pourrait lui plaire. Il faudra qu'il y songe, mais déjà qu'il se fasse accepter.

– C'est exactement ça, acquiesce-t-il. Je suis un extraterrestre.

– Hugo l'Extraterrestre ! Ça sonne bien, s'ébaudit l'autre fille qui n'a pas l'air aussi fine que sa copine.

– Et vous, d'où venez-vous ? demande-t-il.

– Moi, de Vénus, et elle de… (mimique d'hésitation) la planète Zédébelbouclettes !

Ce qui est le cas, note Hugo, car la chevelure de cette fille, bouclée, châtain clair, avec de longues mèches roses, est une vraie crinière d'amazone. *Elle aussi, elle est pas mal*, se dit-il également.

– Je m'appelle Judith, reprend la première. Et voici Morgane, la fée des bouclettes. On est copines depuis la maternelle.

– Génial, fait-il avec un demi-sourire. (Puis, il s'adresse au garçon à sa droite.) Et toi, Rémi, c'est ça ?

– Ouais. J'habite rue Lamartine. C'est pas loin du canal. Si ça te dit, je pourrai te prêter le VTT de mon frangin, et je te ferai visiter les environs.

Le visage d'Hugo s'illumine. Enfin un propos amical. Il accepte avec enthousiasme, puis se tourne vers les filles pour les inviter à participer à cette sortie, mais elles sont déjà passées à autre chose. Ce ne sera donc pas pour cette fois. Tant pis. Hugo soupire d'aise. Finalement, cette nouvelle année sera peut-être plus *sympa* qu'il aurait pu le craindre.

***

De fait, un mois plus tard, l'intégration est pour ainsi dire achevée, les habitudes bien ancrées, des amitiés ont commencé à se tisser… Quant aux études, comme il se l'était promis, il fait des étincelles, particulièrement en anglais, qu'il parle couramment. Seule ombre au tableau : les filles.

Une seule aurait suffi à son bonheur, mais là, c'est le désert de Gobi. Pourtant, il ne ménage pas ses efforts pour montrer sa disponibilité, sa gentillesse, sa courtoisie... Auprès de Judith, tout spécialement. Hélas ! Il a beau s'user les yeux à la mater et faire assaut d'humour, et même de coquetterie pour se faire remarquer – il a adopté le look local, dont la coupe de cheveux montée en gel sur le haut du crâne – rien n'y fait, elle reste désespérément indifférente. À croire même qu'elle le fait exprès. *En vérité, elle le fait exprès !* D'où le surnom qu'il lui a attribué : Miss Cruella.

« Miss Cruella a quand même daigné me jeter un coup d'œil hier à la sortie du cours d'histoire », tape-t-il un soir, entre deux exos de maths, sur le clavier de son ordinateur portable. Il contemple la phrase dans la zone de saisie de la messagerie instantanée qu'il utilise pour converser avec maître Cheng, l'un de ses anciens professeurs lorsqu'il vivait en Thaïlande. Depuis qu'il a quitté ce pays pour le Sénégal, puis pour la France, ils n'ont jamais cessé de correspondre ainsi par Internet, en *live*, mais par écrit – souhait impératif du maître –, pas tous les jours, et uniquement à l'initiative de l'adolescent. Cet homme d'origine chinoise, d'une soixantaine d'années, est un peu son mentor, son maître zen d'une grande sagesse. Il aurait d'ailleurs fait un excellent professeur de philosophie, mais sa spécialité est toute autre… La réponse s'affiche à l'écran :

Bien. La patience et la persévérance ont fini par payer.

Hugo sourit. L'humour de maître Cheng est très spécial, car derrière les mots, se cache toujours un autre, voire de multiples sens. Apprendre à réfléchir avant d'agir est l'un de ses enseignements qu'il lui répète le plus volontiers. L'adolescent prend donc le temps d'une courte, mais intense, réflexion, avant de taper sa réponse : « C'est bien ce que je me suis dit. Je pense que d'ici Pâques, j'aurai obtenu un "Salut !" et avant les grandes vacances, un rendez-vous. "Au revoir, Hugo. On se revoit l'année prochaine !" »

En ce qui concerne la vie familiale, les choses vont mieux. Son père est certes en convalescence et pas encore prêt à reprendre le sport de manière intensive, mais son état s'améliore de jour en jour, si bien qu'il commence déjà à évoquer un possible projet d'expatriation pour l'année prochaine.

En attendant, en ce matin gris de début d'automne, Hugo l'Extraterrestre gagne son collège sur son tout nouveau et tout beau VTT de compétition, cadeau parental d'anniversaire. Dans sa tête tournoient deux préoccupations de la plus haute importance. La première : *Aujourd'hui, je ferai comme si elle n'existait pas, et même comme si elle n'avait jamais existé.* Il pense à Judith, bien entendu. L'autre est le contrôle de maths, prévu pour cet après-midi. Cette fois, il ne se sent pas aussi confiant que d'habitude, et cela le chagrine.

Sous le préau de la cour, il retrouve comme chaque matin son copain Rémi. Un petit check. Ça va ? Ça va. Et à part ça… ? La routine, en somme. C'est alors que dans son dos, un éclat de voix le fait sursauter :

– Waouh, la chance ! Je veux le même !

Il se retourne et comprend qu'un garçon de quatrième s'est fait chiper son smartphone par celui qui vient de pousser cette exclamation d'admiration. Celui-là est un élève de troisième qu'il n'a jamais trouvé sympathique. Est-ce pour cela qu'il a mémorisé son nom, Alexis Verbinsky ? Apparemment, le chanceux a récemment reçu cet appareil en cadeau et vient de commettre l'imprudence de l'exhiber, sans doute par vantardise et pour rendre les autres jaloux. Le barboteur examine ce petit bijou de technologie, tel un connaisseur impressionné. Il siffle d'admiration, complimente le design.

– Rends-le-moi, Alexis, exige le propriétaire.

– Ouais, c'est bon, je suis pas un voleur ! réplique l'admirateur.

Puis il fait mine de restituer le bien, mais l'esquive subitement pour le refiler à son voisin de droite, qui lui-même se détourne, faisant mine de s'enfuir avec. La victime de la taquinerie passe de l'agacement à l'inquiétude :

– Allez, ça va maintenant. On a compris.

Le smartphone circule de main en main, transformant la plaisanterie en un jeu plutôt cruel. Hugo observe cela avec un mauvais pressentiment, qui se réalise quand une fille fait tomber l'objet sur le goudron. Son propriétaire pousse un hurlement de goret qu'on égorge. Il ramasse son trésor et constate avec horreur que l'écran est fendu. Il fusille du regard le plaisantin de troisième à l'origine de l'affaire.

– Salaud ! grince-t-il entre ses mâchoires contractées.

– Allez, tu vas pas en faire un fromage. C'est juste l'écran. T'auras qu'à demander à tes parents de…

La victime ne lui laisse pas le temps de finir sa phrase ; elle se jette sur lui tel un fauve en furie, et le frappe en jurant qu'elle va le tuer. L'algarade provoque un mouvement de foule. Hugo se fait bousculer et marcher sur un pied. Un surveillant intervient pour séparer les bagarreurs. Mais comme cela ne semble pas suffire à les calmer, il les attrape chacun par un bras pour les conduire chez le CPE.

Fin de l'incident.

Autour d'Hugo, les commentaires vont bon train, puis bientôt se tarissent. L'adolescent songe qu'il rapportera ce soir l'événement dans son journal de bord qu'il a quelque peu négligé ces derniers temps. Il y soulignera la violence, physique bien sûr, mais aussi verbale avec ce « Je vais te crever ! » qui l'a carrément choqué. Proférer une menace de mort pour une méchante, certes, mais simple plaisanterie qui a mal tourné, voilà le genre d'outrance qu'on ne devrait pas entendre dans une société civilisée. Lui-même n'a pas le souvenir d'avoir assisté à un tel déchaînement de rage, en tout cas pas quand il était au Sénégal… ni avant, en Thaïlande. À moins que le hasard lui ait évité ce spectacle désolant. La sonnerie du début des cours coupe court à sa réflexion.

3

Mobilisation générale

L'affaire du smartphone aurait dû être oubliée dès le lendemain. Ce vendredi, Hugo constate à son arrivée au collège qu'il n'en est rien. La victime de la veille, dont il a appris le nom – Samuel Loriol – et son appartenance au quartier des Mariniers, s'est transformée en vengeur-justicier, dixit Rémi Bastiani, toujours bien informé.

– Il se prépare un truc, lui glisse ce dernier tandis que leur classe, en rang par deux, suit le prof de SVT pour le premier cours de la journée.

– Un truc ?

– Loriol est un des meilleurs potes de Greg Martinot.

– Et alors ? C'est qui, celui-là ?

– Une petite frappe qui se prend pour un caïd

de quartier. Il commence en tout cas à s'y croire et bat le rappel pour se faire justice. Je l'ai vu qui causait au Trio infernal. Je n'avais pas besoin d'un micro-espion pour comprendre ce qu'ils se disaient, et ça avait l'air de bien les chauffer. T'aurais vu la fille…

– Celle que tu appelles le Scorpion ?

– Parce que ça rime avec Marion. Elle est encore plus remontée. Franchement, même pour un million d'euros, je ne voudrais pas être son copain… (Hugo esquisse une moue de doute.) Bon, pour un million, peut-être, mais avec une muselière anti-morsure comme dans *Le Silence des agneaux*. Son mec est un con comme tu peux pas imaginer ; elle doit le mener par le bout de la… Enfin, tu me comprends ?

– De la truffe, oui.

Hugo comprend… et ne comprend pas. Ce soir, il contactera maître Cheng et lui racontera ce que lui inspire cette comparaison animalière. Quoi que… c'est à une autre sorte de créatures qu'il pense, alors qu'à l'autre bout du couloir émerge de l'escalier un groupe en 4e A, dont le fameux Trio ; ils sont rigolards et crâneurs comme à leur habitude. Tandis que sa propre classe s'aligne le long du mur, le temps que l'enseignant ouvre la porte de la salle de SVT, les 4e A passent à sa hauteur. L'un des deux garçons du Trio, un petit brun au regard de braise, s'arrête à sa hauteur pour l'interpeller :

– Lancelot, t'habites bien rue des Oliviers ?

– Possible. Et alors ?

– Non, rien. On pourrait avoir besoin de toi.

– OK, si c'est pour… (le jeune est déjà reparti) pour jouer à la marelle, j'en suis ! termine Hugo d'une voix forte.

– Heureusement que moi, je n'habite pas sur leur territoire, déclare Rémi.

– Qu'est-ce qu'il voulait dire, à ton avis ? l'interroge Hugo.

– Fais voir tes biceps… S'il y a du règlement de compte dans l'air, c'est de ça qu'ils auront besoin.

L'expression d'Hugo s'assombrit.

– Ben voyons, se contente-t-il de lâcher.

C'est alors l'entrée en classe.

***

Un peu plus tard, lors de la récréation de 10 h 15, Hugo repère un curieux manège du côté des toilettes pour garçons, celles du préau. Greg Martinot et trois autres jeunes de son âge s'y engouffrent sur les talons d'un grand dégingandé qu'Hugo identifie comme le mauvais plaisantin de troisième à l'origine de l'affaire du smartphone. Par curiosité, et seulement cela, parce qu'il n'a aucune intention de se mêler aux embrouilles de ces individus, il se rapproche des sanitaires. Il songe même à y entrer, l'air de rien, quand soudain, il est intercepté par le Trio infernal.

– Tu vas où, là ? demande l'acolyte du petit brun, un autre teigneux de la même espèce, physiquement un peu plus grand et enveloppé, mais psychologiquement similaire.

Selon radio-Bastiani, ce serait lui le « grand con de petit copain » de Marion, la louve dominante du groupe. Il se prénomme Lukas.

– Hein ? Voyons que je réfléchisse. J'ai envie de

faire pipi. Je pourrais lever la patte contre toi, mais ça se fait pas.

– Attends juste une minute, lui demande alors la fille sur un ton plus aimable.

– C'est pressé.

– Y en a pas pour longtemps.

Des éclats de voix résonnent de l'autre côté de la double porte devant laquelle ils se tiennent, puis des bruits de cloison qu'on cogne, un cri de protestation... Peu après, Martinot et ses acolytes ressortent, la mine réjouie.

– C'est bon, tu peux y aller, dit la fille.

Il y va et trouve l'élève de troisième, les joues empourprées, qui contemple dans sa paume gauche un téléphone mobile qui, de toute évidence, n'a pas résisté à un méchant coup de talon.

– Qu'est-ce qui s'est passé ? l'interroge Hugo.

L'autre relève vivement la tête, le désosse du regard, puis lâche avant de sortir à grandes enjambées :

– Putain, ça va chier des bulles !

***

Le soir venu, Hugo rapporte les faits à son maître et confident du bout du monde, sans fioriture ni commentaire, si ce n'est qu'il se compare à un myrmécologue qui aurait assisté à la rencontre musclée de deux groupes de fourmis d'une colonie différente. Il ajoute ceci :

> Un partout, balle au centre ! Maintenant qu'ils se sont réduits en miettes leur téléphone, je me demande quelle sera l'étape suivante ? Je les verrais bien se démolir la tronche.

Réponse de maître Cheng :

> Sans doute, puisque c'est la logique même de la vengeance.

Hugo :

> Je suis curieux de savoir comment le gars de troisième va s'y prendre. Je parie sur une baston à la sortie du collège. J'ai appris qu'ici, en France, c'est devenu une manière de plus en plus courante de régler ses comptes. Des jeunes se sont fait poignarder juste à cause d'un regard de travers ou d'une histoire de filles. Vous expliquez ça comment, maître ?

La réponse tarde à venir. Quand enfin elle s'affiche, elle inspire à Hugo une moue de perplexité :

> C'est toi le myrmécologue.
> À toi de le découvrir.

Hugo le remercie poliment, puis se remet à ses devoirs. Sa concentration n'est pas au top, car une idée tourne et trotte, s'en va et puis revient dans sa tête : *Ce serait marrant que je joue les arbitres.*

***

Le week-end passe, agréable, serein et en famille. Balade et jeux de société. Lectures et rêveries. Par conséquent, pour le retour en classe ce lundi, Hugo a presque oublié les événements de la semaine passée. Il retrouve son ami Rémi dans le garage à vélos du collège. Une fois les bonjours et banalités d'usage échangés, il lui demande :

– Tu as des infos sur ce que prépare Verbinsky ?

– Non, mais ça m'étonnerait qu'il… Ah tiens ! Quand on parle du loup.

Hugo suit son regard. L'élève de troisième vient de franchir la grille de l'établissement. À sa démarche volontaire et son expression rageuse, on croirait un Viking s'en allant régler son compte à un ennemi mortel. Il retrouve un groupe d'une dizaine de jeunes, en majorité des garçons, qui l'accueillent avec des attitudes de complices ne laissant aucun doute sur leurs intentions.

– Va y avoir de l'ambiance, commente Rémi.

– On dirait.

Dans le camp adverse, pour l'heure, aucun regroupement en vue. Martinot est invisible… Hugo en est presque déçu.

***

Le premier incident de la journée se produit dans l'escalier qui, du grand hall, forme une large courbe pour mener à l'étage. Un élève s'étale tout à coup au milieu des marches, puis se fait plus ou moins piétiner par d'autres, hilares, qui poussent des « Oooh ! » et des quolibets du genre : « Faudra arrêter de boire ! » ou « Pousse-toi de là, la limace. » Le jeune se relève en grommelant, et rejette sa mèche longue en arrière pour reprendre contenance.

– Tu le connais ? demande Hugo.

– Il est en 3e B, mais je ne sais pas son nom. Par contre, il me semble qu'il habite dans l'un des immeubles du quartier des Mariniers.

Lors de l'entrée en classe, Hugo est accosté par un garçon de sa classe qu'il sait être un cousin germain de Martinot. Il se prénomme Jordan :

– Les mecs des Tanneries ont décidé de nous pourrir la vie. Va falloir qu'on leur apprenne le respect. T'en es ?

Hugo le dévisage.

– Nous qui ?

– On doit faire bloc autour de Greg, c'est mon cousin.

– Je sais. Et… non, je ne veux pas être mêlé à vos embrouilles.

– Pourtant, va bien falloir.

– Pourquoi ça ?

– Parce que t'es un Mariniers. La solidarité de

quartier, c'est comme une tradition chez nous. On t'a pas expliqué ?

– Si, mais je m'en fiche. Moi, je viens d'une autre planète, et dans mon monde à moi, on ne fonctionne pas comme ça. C'est un peu primitif ici, si tu vois ce que je veux dire. Par contre, je veux bien être l'arbitre. Je tiendrai le décompte des bleus et des bosses, et des téléphones piétinés.

– Te fous pas de moi, Hugo. J'ai un sens de l'humour très limité.

– Je vois ça. Dommage pour toi.

Le cousin se renfrogne. Il a effectivement une tête de crétin « très limité ». Hugo le gratifie d'un rictus doux-amer, puis lui passe devant pour gagner sa place dans la salle.

Durant le cours, Rémi, son voisin de table, lui glisse :

– Un conseil, Hugo : tu ne devrais pas la jouer provoc avec le clan des Martinot. Ils ne sont vraiment pas fins.

– J'avais deviné. Mais qu'est-ce que tu voulais que je lui réponde ? OK, je vais faire un croche-patte à Verbinsky, et s'il me retourne une baffe, j'appelle ma bande pour les représailles ?

Court silence. Puis Rémi lâche un laconique :

– C'est ça.

Hugo en reste coi. Puis il s'efforce de s'intéresser au cours de français.

– Vraiment, c'est ce que tu penses que j'aurais dû faire ? lui demande-t-il tout à coup.

L'autre lui adresse un regard affligé en guise de réponse, dont le sens est clair : « T'as encore pas compris ? »

***

Tout au long de la journée, les incidents se multiplient. Hugo assiste à l'un d'eux : dans un couloir bondé, durant un intercours, un élève reçoit une claque si violente derrière le crâne qu'il en lâche son sac à dos. Il se baisse pour le ramasser ; un autre élève donne un coup de pied dedans. La victime se relève, mais se fait bousculer dans le dos par un troisième adolescent, qui s'éloigne en faisant mine de ne s'être rendu compte de rien. L'heure d'après, un garçon de cinquième surgit des sanitaires en hurlant des jurons et des « Qui a fait ça ? Je vais le crever ! » À son poing droit pend un sac à dos dégoulinant. Le malheureux avait abandonné celui-ci avec quelques autres, le temps d'une partie de foot au ballon mousse, et se l'était fait voler. Il vient donc de le retrouver, dans la cuvette d'une des cabines des toilettes des filles.

Hugo n'a pas cherché à savoir à quel camp appartenaient victimes et coupables. Pour lui, cela n'a strictement aucun intérêt. Par contre, il est très curieux de voir comment ce qui n'est encore qu'une petite guéguerre d'ados immatures va évoluer. Il est de toute façon déterminé à rester neutre.

À 17 heures, alors qu'il vient de sortir du collège et s'apprête à enfourcher son VTT, le cousin Martinot l'aborde :

– Lancelot, on tient un conseil de guerre tout à l'heure sur le parking derrière le gymnase. Tu viendras ?

– Un conseil de guerre ? Waouh ! C'est du sérieux.

– On peut pas laisser passer. Faut se faire respecter, ou alors ce sera l'enfer pour nous, ceux des Mariniers, jusqu'à la fin de l'année.

– Je comprends. On a déjà vu ça… au Moyen Âge. Désolé, mais moi je vis au XXIe siècle.

– Fais gaffe, Lancelot. Soit tu respectes ton quartier et tu te rallies, soit t'es un ennemi.

– Je te l'ai dit, je ne veux pas être mêlé à vos histoires.

– On ne te demande pas ton avis. Rendez-vous à 18 heures derrière le gymnase. T'as intérêt à venir.

– Je ne crois pas, mais merci quand même pour l'invitation. Salut.

4

Une bêtise de plus au palmarès

Hugo est dans sa chambre. Il a terminé ses devoirs et devrait s'accorder un moment de détente, par exemple en lisant un bon roman. Mais une autre envie le taraude. Il consulte l'heure qu'affiche son réveil posé sur sa table de nuit, 17 h 43. Il tenterait bien de contacter son mentor, mais en Thaïlande, il est 22 h 43. Or, maître Cheng est rarement encore debout passé les 22 heures, ce qui lui permet d'attaquer ses journées dès 5 heures du matin, généralement par une longue séance de gymnastique taoïste.

L'adolescent relance néanmoins son ordinateur portable posé sur le plateau de son secrétaire, établit la connexion, puis tape sa préoccupation du moment : « Maître. J'ai un grave dilemme à vous soumettre. Comme je l'avais prévu, ça s'envenime au collège. Les coups bas pleuvent, et les deux camps ennemis sont maintenant bien constitués. Le cousin de Greg Martinot, qui s'est intronisé chef de bande des Mariniers, m'a convoqué pour ce qu'il a appelé un conseil de guerre ; au prétexte que j'habite dans son quartier, je devrais donc être solidaire. Mais vous savez que je ne veux pas être mêlé à leurs affaires. D'un autre côté, je trouve ça super intéressant à observer. J'ai commencé à prendre des notes sur un carnet. Bref, mon souci, c'est que je meurs d'envie d'y aller, juste pour voir. À votre avis, ce serait une erreur ? Il me reste trois minutes pour me décider. Mais vous devez sûrement être Bouddha en sommeil, un sommeil éveillé, comme vous me l'avez appris. » Il ajoute un smiley et une petite vignette montrant une statue chinoise de Bouddha en sommeil. Il valide, puis attend… En vain. Trois, cinq… puis sept minutes passent, sans réponse.

– Tant pis, j'y vais, finit-il par décider.

***

Peu après 18 heures, il rejoint un groupe de collégiens, tous de Voltaire, six garçons et trois filles, dont la redoutable Marion. Dès qu'elle l'aperçoit approchant sur son VTT vert tout neuf, elle pousse des cris de joie et agite les mains comme si elle accueillait sa meilleure copine. Les autres sont plus circonspects. Sur leur visage se lisent un peu de satisfaction et beaucoup d'étonnement. Pour cadre de leur « conseil de guerre », la bande des Mariniers s'est choisi le parking du gymnase édifié à proximité d'un pâté de petits immeubles qui forment comme le cœur du quartier. Hugo aurait plutôt opté pour les bords du canal verdoyants et calmes, sans doute trop pour ces excités. Trois sont à scooter, sur lesquels ils sont assis tels des bikers sur leur Harley-Davidson, deux à vélos, les quatre autres à pied, sans doute parce qu'ils habitent tout près.

– Finalement, t'es venu ! l'accueille Jordan Martinot, le cousin germain de Greg.

Ce dernier dévisage le nouveau venu avec l'air de se demander s'il ne s'agirait pas d'un espion à la solde de l'ennemi.

– Non, non. J'ai délégué un avatar 3D, comme tu peux le voir… Oups ! Pardon, j'oubliais que tu as un humour très limité.

Jordan étire un rictus, puis fait mine d'être imperméable à ce genre de taquinerie. Son cousin Greg prend la parole :

– On vient de commencer. Je te résume ce qu'on a dit. D'abord, pas un vieux ne doit se mêler de nos affaires. Si des parents se plaignent au principal, ou si le CPE et même un prof veulent savoir ce qui se passe… interdit de causer ! On dit que tout va bien, qu'on n'est pas au courant. OK ? Ceux des Tanneries feront pareil.

Quelques murmures confirment. Hugo reste de marbre.

– Y a intérêt, insiste Greg en le lorgnant du coin de l'œil. Parce que sinon, je massacre le traître.

– Pendu par les oreilles à un réverbère, ironise Hugo.

– Ou par les cou… pouffe un petit gringalet qu'on appelle la Belette, mais qu'Hugo s'obstine à appeler par son prénom, Léo.

– Allez, je fais la revue des troupes, reprend le chef Greg Martinot en tirant d'une poche arrière de son jean noir une feuille de cahier pliée en quatre. L'ennemi peut compter sur huit mecs et deux meufs. Nous, avec Hugo, on est déjà dix, mais je crois qu'on pourra ajouter deux de mes voisins. Ils ne sont pas de Voltaire, mais ils sont solidaires…

– Euh… pardon, le coupe Hugo, mais moi je ne compte pas. Je suis là seulement en observateur.

Le chef poursuit comme s'il n'avait pas entendu :

– Lundi, on passe à l'offensive. D'abord, faut qu'on pourrisse la réputation de Verbinsky. Y a qu'à lancer une rumeur. Quelqu'un a une idée ?

– Attends, Greg, le coupe le cousin Martinot. On ne va pas dévoiler nos plans devant Lancelot alors qu'il dit qu'il ne veut pas combattre avec nous.

– Il a raison, approuve Marion. Il pourrait aller tout balancer aux autres, ou même à ses potes au collège.

– Moi, vous balancer ? réagit Hugo. Je ne ferais jamais ça. Je suis là parce que Jordan m'a demandé de venir, mais je l'ai prévenu que je ne rentrerais jamais dans votre guerre. N'empêche que c'est intéressant de vous écouter. Vous me faites penser à ce vieux film… Ça vous dira rien parce que la culture et vous… *La Guerre des boutons*.

– En plus, il se fiche de notre gueule ! maugrée Jordan. Tire-toi maintenant, on t'a assez vu.

Les garçons du Trio infernal s'approchent du trublion, le regard menaçant :

– OK, ça va, je m'en vais, fait le potentiel traître en levant les mains en signe d'apaisement. (Le grand brun le bouscule d'une main sur la poitrine.) Du calme ! J'ai dit que je m'en allais.

Le voici cerné. Il perd contenance et se remet en selle.

– Je te préviens, si tu nous balances, on te crève ta race ! le menace Greg en exhibant le poing droit sous son menton.

– Promis, juré ! Je ne vous ai jamais vus. D'ailleurs, je ne sais même pas qui vous êtes.

Sans prévenir, Martinot lui retourne une claque dans la figure.

– Ça, c'est un acompte. Le reste, c'est pour plus tard.

Cette fois, Hugo n'a plus du tout envie de jouer les fiers-à-bras. Il serre les mâchoires pour empêcher une insulte ou une nouvelle réplique qui tue de sortir de sa bouche. Il recule et prend un coup dans une épaule, puis une frite sur le crâne. Il fait demi-tour. Sans trop avoir l'air de déguerpir, il s'éloigne, poursuivi par les rires et les « Bon débarras ! », « Casse-toi, pauv'con » et autres « Si t'as pas compris la leçon, on te fera bouffer ton vélo. »

***

De retour dans sa chambre, les pommettes encore rosies d'émotion, Hugo s'assied au bord de son lit.

– Idiot, crétin… lâche !

C'est à lui-même qu'il s'adresse. Il s'achève avec cette sentence :

– Tu l'as bien mérité. C'est le prix de l'arrogance, comme dirait maître Cheng.

Il regarde sur le secrétaire son ordinateur, dont l'écran est levé, mais éteint, et se dit qu'il devrait envoyer un mot à son mentor. Il songe d'abord à lui mentir, mais chasse aussitôt cette idée indigne d'un garçon qui a une si haute opinion de lui-même.

D'ailleurs, maître Cheng n'est pas son père – sans compter que même à son père il ne ment jamais, ou alors juste par omission, parce qu'il est un ado, extraterrestre, certes, mais normal. Il réactive son ordinateur portable. Aussitôt s'affiche la page de la messagerie instantanée, telle qu'il l'a laissée avant de partir tout à l'heure. Son cœur se serre comme une éponge. Maître Cheng a répondu :

> Tu tiens tant que cela à ajouter
> une bêtise à ton palmarès ?

Après un moment de réflexion, il décide de remettre à demain sa réponse. Peut-être sa honte sera-t-elle passée. Il lève la main pour rabattre l'écran quand s'affiche une nouvelle ligne :

> Notre myrmécologue a-t-il passé
> une bonne soirée ?

Le cœur de l'adolescent se serre. Il tape :

> Vous ne dormez pas, maître ?

D'un œil, seulement. J'attendais de l'autre que tu me racontes tes dernières aventures scientifiques.

Hugo sourit :

Vous aviez raison. J'ai ajouté une belle bêtise à mon palmarès.

En as-tu tiré un enseignement ?

Oui. Que je suis un imbécile qui se croit plus malin que les autres. J'ai pris une claque dans la figure et dans ma fierté.

Alors, c'était une expérience. Bonne nuit, mon cher padawan. Fais de beaux rêves.

Hugo est déçu ; il aurait bien voulu poursuivre la conversation, demander conseil pour la suite… Tant pis. Ou tant mieux. Il souhaite un paisible sommeil à cet homme sage qui ne cessera jamais de le surprendre. Car c'est la première fois qu'il emploie ce terme, padawan, spécifique à la célébrissime saga de films *Star Wars*, dont il est un fan absolu. Cela pourrait avoir un sens profond, auquel il essaiera de réfléchir quand il aura digéré sa mésaventure du jour.

5

Le dompteur et les animaux sauvages

Après un week-end des plus ordinaires, c'est-à-dire détendu et plaisant, d'autant que la convalescence de M. Lancelot est pour ainsi dire terminée, Hugo retrouve son collège. Pourtant, il est plus anxieux que d'ordinaire. Son copain Rémi, qui, sous des airs superficiels, cache une personnalité d'une surprenante subtilité, s'en aperçoit immédiatement :

– Y a un truc qui ne va pas ?

Ils se tiennent devant le mur des casiers d'élèves aux toniques couleurs rouge, bleu et vert. Hugo feint l'étonnement :

– Non, pourquoi ?

– Je sais pas. C'est peut-être le coup d'œil que tu as lancé à Greg Martinot quand on l'a croisé dans la cour. Il y avait comme un air de… de je te ficherais bien mon poing dans la gueule. Aurais-tu une dent contre lui, par hasard ?

– Pas spécialement, mais c'est vrai que je ne peux pas l'encadrer, et ceux de sa bande encore moins.

– Je croyais que tu étais neutre. Et les autres, tu les encadres comment ?

– Verbinsky ?

Hugo songe qu'il le trouve un peu moins insupportable, sans doute parce qu'il n'a pas encore reçu de gifle de sa part.

– Je préfère rester à distance.

L'approche de deux filles, dont une qui ne laisse pas Hugo indifférent, suspend leur conversation.

– Salut ! lâche avec entrain la brune au charmant minois, qui n'a pas cessé de jouer avec les nerfs de l'Extraterrestre depuis la rentrée.

– Salut, Judith ! répond-il sur un ton ostensiblement détaché.

Elle ouvre un casier, tandis que sa copine Morgane lorgne les deux garçons avec un petit air sournois qui semble vouloir dire quelque chose. Mais quoi ?

Judith se tourne tout à coup vers les garçons puis, s'adressant à Hugo, demande :

– Samedi aprèm, j'organise une petite fête chez moi pour mon anniversaire. Ça te dirait de venir ?

Le collégien écarquille les yeux. Son esprit taquin aimerait lui faire une réponse à la normande, ni oui ni non, juste pour la chagriner, mais ce qui sort de sa bouche est un « Ouais », des plus laconiques.

– Super ! À partir de 14 heures, alors. Rémi, tu es le bienvenu aussi, si ça te dit.

– Samedi ? Ça me dit ! répond joyeusement l'intéressé.

– Par contre, je ne sais pas où tu habites, fait remarquer son copain.

– Dans le quartier des Tanneries. Ça ne te pose pas de problème ? (Il répond non de la tête.) Je t'envoie l'adresse par SMS. Tu me donnes ton numéro ?

Une fois les filles parties, les deux copains se regardent, tout éberlués. Soudain, ils se cognent le poing en éclatant de rire.

– Elle est pas mal sa copine Morgane, qu'est-ce que tu en penses ? s'enquiert Rémi avec un petit nuage d'inquiétude dans les yeux.

– C'est même la plus mignonne des deux. Je me demande d'ailleurs si ce n'est pas celle-là qui m'intéresse le plus.

Le visage du grand dégingandé se décompose.

– Ah bon ?

– Mais non, je rigole !

– Mmm, je te la revaudrai, celle-là, marmonne Rémi.

Puis il retrouve un franc sourire. Les deux amis s'attrapent par l'épaule. Et Hugo pense que c'est chouette d'avoir un bon copain. Il ne manque plus que la copine pour parfaire son bonheur d'ado bien dans sa peau…

***

Le mercredi midi de cette semaine si bien commencée, Hugo enfourche son VTT et s'éloigne du collège en compagnie de Rémi Bastiani. Tout en roulant à allure décontractée, les deux meilleurs amis du monde évoquent avec entrain le coach et l'équipe Cadets de foot local. En effet, sur l'invitation de Rémi, Hugo a adhéré au même club que lui, et tout à l'heure, il participera à son premier entraînement au stade municipal. Dans sa tête bouillonne aussi l'excitation de l'ado invité à une fête par une fille avec laquelle il espère sortir depuis la seconde où il a croisé son regard. Deux événements majeurs en une seule semaine, c'est trop pour un cœur sensible comme le sien. L'avantage, c'est que cela a relégué très loin dans la hiérarchie de ses préoccupations la minable rivalité de quartiers qui s'est poursuivie, et même amplifiée en toute discrétion, dans l'enceinte du collège. D'ailleurs, cela lui a donné une idée de titre pour un récit de souvenirs de jeunesse, s'il l'écrit un jour : *Guerre secrète au collège.*

Les dernières crasses auxquelles il a assisté que se sont faites les deux bandes a eu pour théâtre la cantine. Verbinsky en a été la première victime. À peine sorti de la chaîne du self, son plateau sur les bras, un élève s'en allant un peu trop précipitamment vider le sien l'a « malencontreusement » percuté. Le poulet-purée du collégien de troisième s'est retrouvé étalé sur le carrelage. Le maladroit était comme par hasard l'un des acolytes du clan Martinot. Il y a eu des cris, des insultes… et des applaudissements. Puis, curieusement, dès qu'un surveillant s'est approché… « Non, non, tout va bien. C'était juste un accident. » Et le calme est revenu comme par miracle. Hugo a guetté la suite et n'a pas été déçu. Moins de cinq minutes plus tard, le même incident s'est produit, entre un « maladroit » des Tanneries et une victime des Mariniers. Seule différence : cette dernière avait fini son repas. « Un partout, balle au centre. Quels crétins ! » a commenté Hugo. Rémi s'est contenté d'un haussement d'épaules.

***

Hugo et Rémi quittent donc le collège, bien contents que cette demi-journée de classe soit terminée. Le premier se dresse sur les pédales de son vélo pour accélérer l'allure, quand il repère au loin un attroupement sous un abribus. Il devine qu'un jeune y est acculé par quatre autres qui, de toute évidence, ne sont pas animés de bonnes intentions. Les agresseurs sont le cousin Jordan et le Trio infernal. Marion, la fille, se tient toutefois un peu en retrait. Il reconnaît en l'agressé un proche de Verbinsky, un prénommé Samir. Les deux amis s'immobilisent à quelques mètres de l'abribus, puis observent la scène. Jordan Martinot remarque la présence de ces curieux, et interpelle aussitôt l'un d'eux :

– Lancelot ! Qu'est-ce que tu fous là ? On t'a pas sonné.

L'autre doit être aussi transparent qu'un réverbère.

– Je m'en doute. Mais à quatre contre un, je me demande si vous allez vous en sortir.

– Ne les provoque pas, lui glisse Rémi. Je vais les filmer, ça devrait suffire à ce qu'ils arrêtent. Sinon, on leur dira qu'on va appeler les flics.

– T'inquiète, je gère. Avec ce genre d'animaux, il faut faire parler l'autorité. Juste avec des mots et un air farouche, ça suffit pour que les lâches baissent les yeux, même quand ils sont en meute. J'ai appris ça d'un guide de brousse, quand j'étais en Afrique. Quand on est face à un lion qui a l'air menaçant, si tu t'enfuis en courant, il te prendra en chasse comme si tu étais une gazelle. Mais si tu fonces sur lui en criant et en agitant les bras, il prend peur et se tire.

– Mouais, c'est ça. Et là, tu te prends pour un justicier ou pour un guide de brousse ?

– Un dompteur plutôt… de crétins sauvages.

– De toute façon, ce sera sans moi ! Salut !

À son grand désappointement, Hugo voit son copain se débiner sans se retourner. D'un côté, il le comprend : ce garçon raisonnable n'a pas envie de prendre un coup perdu. D'un autre, cette dérobade n'est pas digne d'un véritable ami. Il saura s'en souvenir…

Samir se met à gémir, à implorer qu'on lui fiche la paix, et à jurer qu'il le dira à son copain Verbinsky. Il récolte des rires et des remarques humiliantes sur ses oreilles, il est vrai, un peu décollées, mais tout de même pas au point d'être traité de chimpanzé. Pour Hugo, il est temps d'intervenir. Il cale son vélo avec la pédale sur le bord du trottoir, puis s'approche du groupe en lançant :

– Bon, maintenant, ça suffit ! Laissez-le tranquille.

Les quatre agresseurs se retournent d'un même mouvement.

– On n'a pas besoin de toi, Lancelot, lui renvoie le grand gros du Trio infernal. Casse-toi.

– Je l'ai déjà entendue, celle-là. Mais cette fois, c'est à moi de vous le dire. Alors, tirez-vous avant que je m'énerve.

– Eh bien vas-y, énerve-toi, le provoque Jordan Martinot.

L'importun est bousculé violemment. Il titube en arrière, cependant sans tomber. Il reçoit une claque et quelques insultes. Mais ça s'arrête là. Les quatre jeunes constatent alors que leur proie en a profité pour s'enfuir, ce qui a le don de les mettre très en colère.

– Lancelot, va falloir que tu apprennes à te mêler de tes affaires, déclare Marion (plutôt comme un avertissement que comme un reproche, note l'interpellé).

En guise de conclusion à l'incident, le dompteur de crétins sauvages reçoit quelques coups supplémentaires, dont un méchant dans la figure qui l'envoie à terre et lui laissera sûrement un beau coquard à l'œil droit. Pour finir, en guise d'enclume sur le gâteau, Jordan s'en prend à son VTT qu'il renverse, avant de s'acharner sur la roue avant à coups de talons.

– J'espère que cette fois, t'auras retenu la leçon, conclut-il, le souffle court, la mèche sur l'œil, avant d'ordonner à sa petite troupe de prendre le large.

6

Un chevalier Jedi pour rétablir la paix

Rarement Hugo avait éprouvé une telle colère. Il examine son VTT. Les rayures sur le cadre ne sont pas trop voyantes ; par contre, sa roue avant est méchamment voilée. *Ça va se payer cher !* gronde-t-il intérieurement, avant de tempérer : *En tout cas, ils n'ont pas intérêt à recommencer. Parce que là, je sortirai les griffes.* Il remonte en selle et se rend vite compte qu'il va devoir changer de mode de transport, ce qui fait aussitôt remonter la pression dans ses artères. À cet instant, quelqu'un en VTT s'approche. Il lève le regard et reconnaît son copain Bastiani, qui y va de son commentaire :

– Il n'a pas fait semblant, le salaud… (Puis il y va de son conseil de sagesse.) Tu devrais porter plainte.

– T'es encore là ? grommelle Hugo.

– Évidemment, qu'est-ce que tu crois ? Je suis resté à distance au cas où tu aurais eu besoin d'aide. J'ai tout filmé, si tu veux une preuve. Je te demanderai juste de ne pas dire que ça vient de moi. Je tiens à mon anonymat.

– Non, ça ira. Je préfère gérer autrement.

– Comme tu veux. On se revoit tout à l'heure au stade ? Je passe te prendre, si ça te dit.

– Je vais être obligé d'y aller à pied.

– Alors, on sera deux. Allez, fais pas cette tête, ce n'est pas si grave.

Hugo le dévisage, paraît indécis quelques instants, puis opte pour un sourire, quelque peu crispé malgré tout.

***

De retour chez lui, il est intercepté par sa mère dans le vestibule de la maison familiale :

– Hugo ? Mais qu'est-ce qui t'est arrivé ?

Elle lui relève doucement le menton. Le coquard à l'œil droit n'est pas encore apparu, mais la marque du coup de poing très rouge est bien visible.

– Hein ? Non, ce n'est rien, maman. Je me suis mangé un trottoir. Faudra que j'amène mon vélo à réparer. C'est la roue avant qui a tout pris.

– Tiens donc. Et comment as-tu réussi ton exploit ?

– En faisant l'intéressant.

– Je vois. Ça ne te ressemble pas trop. Je te croyais plus discret.

– Oui, eh bien, ça a changé ! s'agace tout à coup l'adolescent. C'est bon, m'man, je peux aller dans ma chambre ?

Interloquée, Mme Lancelot s'écarte pour le laisser passer. Jusque-là, elle ne s'était jamais préoccupée de ce qu'on appelle communément « la crise de l'adolescence ». Finalement, son fils pourrait ne pas y échapper. Doit-elle s'en inquiéter ou trouver cela normal ? Une conservation entre quatre yeux pourrait s'imposer.

D'un autre côté, est-ce qu'il ne vaudrait pas mieux attendre « que jeunesse se passe », comme le recommande le dicton populaire ? Elle soupire en songeant que le métier de parents n'est pas toujours simple, même avec un fils aussi mûr et gentil que le sien.

De son côté, Hugo se dit qu'il devrait contacter son mentor pour lui confier ses soucis du jour, le plus important étant cette colère qu'il a le plus grand mal à contrôler. Pour ce faire, il utilisera la procédure dite d'urgence, un SMS :

> Est-ce qu'on peut se parler, maître ? J'ai un problème à vous soumettre. Je suis devant mon ordi encore quelques minutes avant d'aller déjeuner. Après, j'enchaîne avec mon premier entraînement de foot.

Par chance, moins de cinq minutes plus tard, un premier message s'affiche sur son écran :

> Bonjour, Hugo. Je suis à ton écoute.

> Merci ! Voilà mon souci, en deux mots : la bande à Martinot a coincé tout à l'heure un de leurs ennemis dans un abribus à la sortie du collège. Je n'ai pas pu m'empêcher d'intervenir, et c'est moi qui me suis fait tabasser. Le cousin Martinot m'a fichu un coup de poing dans la figure, mais je

n'ai pas répliqué, pas même un cri. Comme vous me l'avez appris, je n'ai pas voulu entrer dans la spirale de la violence. Mais il s'en est pris à mon vélo, et là, ça m'a mis en colère. C'est tout, mais je commence à en avoir marre de ces primitifs. Il va falloir qu'ils apprennent à me respecter. Parce que si je laisse faire, ils vont croire que je suis un faible, et vous savez comment se comporte ce genre d'animaux avec les faibles.

Il termine sur cette question : « Vous êtes d'accord avec moi ? » Mais il l'efface avant d'envoyer son message en se disant qu'il n'a pas besoin d'approbation, parce que maître Cheng n'est pas son père. Cela dit, tout conseil sera le bienvenu. La réponse ne tarde pas :

Tu n'as pas répondu à la violence par la violence, écris-tu. Pourtant, elle a réussi à entrer en toi en devenant colère. Que vas-tu en faire maintenant ?

Rien. Attendre que ça passe.

Elle ne passera pas. Elle se tapira au fond de ta conscience et attendra la prochaine fois.

Ne vous inquiétez pas, je gère.

Je te trouve bien sûr de toi.

Vous m'avez appris à maîtriser la colère pour agir justement. C'est ce que je fais.

Je ne crois pas, non. À moins que ce que tu appelles colère soit en fait de la peur.

– C'est bien de la colère, confirme le garçon à voix haute.

Il préfère ne pas insister :

Qu'est-ce que je dois faire ?

Rester à la place qui est la tienne.

C'est-à-dire ?

Tu vas être en retard à ton entraînement de foot. Et moi, j'ai une faim de loup. Je vais dévorer mes sushis en ne pensant à rien d'autre qu'au bonheur gustatif qu'ils me procureront. Amuse-toi bien.

Le maître se déconnecte, laissant son jeune interlocuteur frustré et mécontent d'abord, puis contrarié, et en fin de compte compréhensif, car lui aussi a les crocs. En rejoignant ses parents dans la salle à manger, il repense à son VTT mutilé et à ce qu'il serait capable de faire au cousin Martinot s'il s'avisait de recommencer. Il attaque la découpe de la tomate de son entrée avec une vigueur de zombie affamé.

***

Sur le chemin du stade, la bride de son sac de sport sur l'épaule droite, Hugo tient un discours qui laisse son compagnon Rémi quelque peu perplexe :

– Ces mecs n'ont aucune valeur, et Marion pas plus qu'eux ! Ils ne croient en rien. Ils n'ont aucun repère.

Ils sont comme des sauvages à qui on n'a pas appris comment se comporter en société. Ou alors, ce sont des enfants gâtés. Tout leur est dû, et pour eux, faire du mal aux autres est juste une manière de rigoler et de tromper l'ennui. C'est aussi pour se donner l'impression qu'ils sont forts et virils, alors qu'ils ne sont que des minables et de sombres idiots. Ils ne sont courageux qu'en meute, comme les hyènes. Oui, c'est ça, ce sont des hyènes…

– Waouh ! Et t'as trouvé ça tout seul ?

– Oui, pourquoi ? Ça ne t'a jamais paru évident ?

– Si. Et alors ? Une fois qu'on a dit ça, on fait quoi ? C'est dans la nature humaine, tu n'y pourras jamais rien.

– On fait quoi ? répète Hugo, le regard incisif comme s'il se faisait une idée très précise de la réponse. Dans leur monde, soit on devient le chef de meute, soit on se résigne à être la larve qui se fait piétiner…

Ils franchissent un pont qui enjambe le canal, puis s'engagent sur une longue voie goudronnée, bordée de hauts peupliers, qui mène au stade municipal. Rémi jette un regard en coin à son compagnon :

– Excuse, mais je ne te vois pas vraiment en chef de meute. Mais admettons. Si tu devais choisir, tu serais le chef des Mariniers ou des Tanneries ?

– Je n'ai pas fini. Si on veut que l'ordre et la sécurité reviennent dans nos quartiers et au collège, il faut tous les mettre au pas. Et je sais comment faire.

Rémi pouffe, puis s'excuse :

– Pardon, j'avais avalé une mouche. Donc, si je comprends bien, tu rêves de foi en commandant suprême des hyènes du collège ?

– Ne te fiche pas de moi, s'il te plaît. Je suis juste en train de t'expliquer ce qu'il faudrait pour que ces deux bandes de bas-de-plafond se tiennent tranquilles et fichent la paix aux gens.

– Mouais. Eh bien pour moi, la meilleure solution, c'est de rester à distance.

– Et s'ils s'en prennent à toi ?

Rémi sourit, puis répond sur le ton de la plaisanterie, alors que c'est sûrement ce qu'il pense :

– J'appelle mon papa et ma maman. Et toi ?

Hugo ne répond pas. Il garde la réponse dans sa tête et, à en croire son expression, elle est implacable.

***

L'entraînement de foot lui permet de faire une pause salutaire dans ses ruminations mentales. Mais sur le chemin du retour, elles vont s'imposer de nouveau, lorsque le hasard les amène à croiser un groupe de garçons parmi lesquels se distingue Verbinsky.

Tel un chef de clan, le troisième marche en tête, au centre, et manifeste par son attitude sa position de mâle dominant. D'ailleurs, c'est lui qui interpelle les deux amis :

– Hé ! Salut, les héros ! Vous revenez du sport. Le foot, je parie.

Ils marmonnent une réponse.

– Au fait, Hugo, merci pour ce midi, reprend Verbinsky. Mon copain Sami a apprécié que tu sois intervenu. Il est désolé pour ton vélo et… (il se penche pour considérer l'œil légèrement tuméfié de l'adolescent) pour le coup que tu as pris à sa place. Les Mariniers le paieront, je te le promets.

– Je ne t'ai rien demandé, réplique l'intéressé.

– Tu n'en as pas besoin. Pour moi, après ce que t'as fait, t'es comme un frère, même si tes parents ont mal choisi leur côté du canal. Je te prends quand même sous ma protection. Si les Mariniers te font des misères, tu m'appelles ou tu m'envoies un SMS, et si moi ou l'un de mes potes on est dans le secteur, on rapplique.

Il lui tend la main, comme pour sceller un pacte. Hugo toise cette main comme s'il pouvait s'agir d'une bête venimeuse.

– Tu ne m'as pas compris, Verbinsky, réplique-t-il. Toi et ceux de ta race, on ne vit pas dans le même monde. Dans le mien, on ne pactise pas avec le diable.

– Oh là ! Comment il me parle, celui-là ? Tu te prends pour qui ? J'avais entendu dire que tu te prenais pour un extraterrestre, mais je ne savais pas que c'était du sérieux. Un conseil, mon pote, ne me cherche pas. Je te croyais de notre côté, mais je vois que je me suis trompé… Alors, fais bien gaffe à toi.

– Je ne suis d'aucun côté, rétorque Hugo sur un ton ostensiblement neutre. Je veux juste que toi et tous les autres, qu'ils habitent d'un côté ou de l'autre du canal, vous ne pourrissiez pas la vie des habitants. Restez comme vous êtes, je m'en fiche, mais les coups bas et les règlements de compte, c'est fini. Rassure-toi, je vais dire la même chose à Martinot et à sa bande. J'attends juste l'occasion. Moi, je serai seulement un gardien de la paix…

– Un flic !?

Hugo repense tout à coup au terme « padawan » que maître Cheng a utilisé dans l'un de leurs derniers échanges. Il esquisse un sourire, puis reprend :

– Je dirais plutôt un chevalier Jedi. Ça sonne bien, et c'est vraiment comme ça que je me vois. Ça te va ?

Le jeune émet un éclat de rire.

– Trop ouf ! Maître Skywalker, respect. Euh… il est où votre sabre laser ?

– Au supermarché, rayon charcuterie saucissons, s'esclaffe un autre jeune, provoquant cette fois une franche hilarité dans le groupe.

Craignant que la confrontation finisse par tourner mal, Rémi attrape son copain par un bras et lui enjoint de reprendre leur chemin. Une fois hors de portée de voix des jeunes des Tanneries qui n'ont pas fini de se moquer du « saucisson Jedi », il s'insurge :

– Mais enfin, qu'est-ce qui t'a pris, Hugo ? Traiter la bande à Verbinsky de sale race. T'es devenu con ou quoi ? Et chevalier Jedi… Bon, là, je reconnais que c'était plutôt marrant. Mais ça ne change rien à la provoc. Tu viens de te faire un nouvel ennemi. Se mettre à dos deux bandes de violents en une seule journée, je dois reconnaître que tu m'impressionnes. Si tu veux, j'en connais une ou deux autres qui tiennent le trafic de drogue dans les quartiers nord ; je peux te donner l'adresse. Et pour ton Noël, je t'offrirai un gilet pare-balles, ou un cercueil avec de jolis clous dorés…

Hugo dévisage son camarade, manifestement déstabilisé. Cela l'ennuie de le reconnaître, mais son copain a raison, terriblement raison. Le miroir qu'il lui met devant le nez renvoie une image d'arrogance insupportable. Il devrait le reconnaître, s'excuser même… Tout ce qu'il parvient à lâcher, c'est une réplique d'agacement :

– Ça suffit, j'ai compris.

***

Bientôt, les voici de retour devant la maison de la famille Lancelot. Rémi récupère son vélo derrière le portail. Avant de partir, il demande :

– Tu comptes vraiment jouer les héros dans leur guerre de quartiers ?

– Je me fiche d'être un héros. Je te promets que je veux juste qu'on vive tranquilles. Alors, je me dévoue pour être le gardien de la paix, ou le chevalier Jedi du collège Voltaire ; c'est cool, non ?

Son copain fait un rictus explicite.

– Très. En fait, ce que je crois, c'est que tu te fiches de moi. Ou alors, t'es vraiment un agité du bocal.

– Mouais… J'hésite encore sur ce que je dois faire. Est-ce que ça vaut vraiment le coup ?

– Les coups, tu devrais dire. Car si tu te mets à dos toute cette racaille, ça va être ta fête.

Le cœur du Jedi hésitant se serre, parce qu'il a beau être persuadé d'être capable d'allonger toute une bande de jeunes qui le dépassent tous d'une tête, il n'en est pas moins un minimum lucide : il est en train de s'enfoncer dans l'erreur. Mais le pire, c'est qu'il est dévoré par la tentation d'aller jusqu'au bout.

– On verra, finit-il par conclure. Merci, Rémi. T'es un bon copain.

– Hélas ! Allez, à demain, maître Jedi.

7

L'Extraterrestre redescend sur Terre

En fin d'après-midi, ce mercredi, Hugo éprouve de nouveau le besoin de communiquer avec maître Cheng, sans utiliser la procédure d'urgence, donc avec l'inquiétude qu'il ne puisse lui répondre immédiatement. Par bonheur, l'attente est de courte durée, car son mentor accuse réception de sa demande de contact presque en direct.

Alors, mon cher ami du bout du monde, que me racontes-tu ?

Je suis allé à mon premier entraînement de foot. C'était sympa, sans plus. J'ai pas trop apprécié de rester sur le banc de touche la moitié du temps pour le match de fin d'entraînement. Mais c'est sans importance. Au retour, je suis tombé sur la bande à Verbinsky. Pour me remercier d'être intervenu quand l'un de ses sbires s'est fait serrer dans l'abribus, il m'a offert sa protection. On aurait dit un parrain de la mafia. Devinez ce que j'ai répondu.

Tu as décliné avec respect.

Franchement ? Je l'ai envoyé chier ! Pardon pour le mot, mais avec ce genre de m... de déjection canine, il faut se mettre à sa hauteur quand on parle.

Tiens donc. Dois-je comprendre que tu t'es abaissé au rang de la déjection canine ?

Pas du tout ! C'est une façon de parler.

Curieux. Pourquoi ai-je l'impression que tout ce que je t'ai enseigné est tombé dans le caniveau pour rejoindre les déjections canines ? Mais pardon, c'est juste une façon de parler. Et qu'est-ce que cela t'a apporté ?

Les pommettes du garçon rosissent. L'air de rien, il vient de se prendre une belle soufflante, et cela ne lui était pas arrivé depuis longtemps. Son respect du maître est immense ; pourtant, et pour la première fois, il n'a pas envie de se creuser les méninges pour décortiquer le sens profond de ses remarques et autres leçons de morale énigmatiques. Néanmoins, il tient à connaître son avis sur sa découverte du jour.

« Une idée », tape-t-il.

Il laisse passer quelques secondes avant de poursuivre, non pas pour faire bouillir d'impatience son mentor – il faudrait pour cela être le diable en personne – mais parce qu'il est encore habité par le doute. Il finit par se lancer :

> Je crois qu'il est temps que la guerre s'arrête entre les deux bandes qui nous pourrissent la vie au collège. J'ai décidé que c'était à moi de m'en occuper, par devoir. C'est un peu comme une vocation. Je me sens capable d'imposer la paix, comme un gardien. Un gardien de la paix, en quelque sorte.

> Ainsi, tu as eu l'idée de t'introniser justicier ?

Pas du tout ! Je vous donne une autre image. Je veux être le chevalier Jedi de mon collège. En fait, cette idée, c'est vous qui me l'avez inspirée. Quand vous m'avez appelé "mon cher padawan", l'autre jour.

J'espérais que cela te ferait réfléchir sur un danger qui te menace. Pourquoi n'avoues-tu pas tout simplement que de te flatter l'ego ainsi te démange, comme une envie de plonger les doigts dans le pot de confiture ?

Pour être honnête, me mettre dans la peau d'un Obi-Wan Kenobi n'est pas pour me déplaire. Vous en pensez quoi, maître ?

Les secondes passent sans que s'affiche de réponse, ce qui n'est pas du tout bon signe et n'étonne pas le jeune padawan. Il sait que la philosophie de son maître prône la discrétion, la modestie, l'extrême tempérance. Mais depuis quelque temps, Hugo sent bouillir en lui un sang nouveau. Il a l'impression qu'il est en train de grandir, de sortir de l'enfance avec ses dépendances et ses obéissances. Pour être plus clair, il en a marre d'être un apprenti, un padawan.

Il se sent prêt et sait que cela ne saurait plaire à son maître. La réponse tombe enfin, laconique comme il s'y attendait :

> Un chevalier qui s'adoube lui-même ne sert que sa propre cause.

***

Le samedi suivant, à 13 h 19.

D'ordinaire, Hugo ne séjourne jamais plus d'un quart d'heure chrono dans la salle de bain, même lorsqu'il rentre en sueur d'un footing de deux heures. Aujourd'hui, il l'a squattée plus de trois quarts d'heure, au point que sa mère est venue s'enquérir de ce qu'il se passait. Elle a été reçue avec un « Ça va, quoi ! Pour une fois que ce n'est pas moi qui dois trépigner devant la porte » des plus satisfaisants. Car bien sûr, elle a su faire le lien entre cette singularité comportementale et la fête d'anniversaire à laquelle son fils est invité en ce début d'après-midi. Quand enfin il en est ressorti, et qu'il est entré dans la salle à manger pour le déjeuner, elle et son mari ont cru être victimes d'une hallucination. Leur fils, en général assez peu soucieux de son apparence, s'était transformé en séducteur « top tendance », la mèche relevée avec du gel de manière à former une subtile ondulation au-dessus de la tempe droite, la raie parfaite et la chevelure châtain clair impeccablement peignée et taillée.

– Mon chéri ! s'est extasiée sa mère. Tu vas faire un malheur auprès des filles à cette fête.

Il n'a pas confirmé, se contentant de penser que si une seule pouvait succomber à ses charmes, cela suffirait à son bonheur. Son père y est allé de son commentaire, nettement moins gratifiant :

– Cette coiffure ne fait-elle pas un peu trop premier communiant ?

– Hein ? Mais non, c'est celle d'Obi-Wan Kenobi ! a protesté l'adolescent, qui, de surcroît, a la même couleur de cheveux que l'acteur jouant le rôle de ce maître Jedi dans les films où il apparaît.

Du coup, saisi d'un doute affreux, il s'est précipité dans la salle de bain. Deux minutes plus tard, il en ressortait avec la chevelure ébouriffée, façon punk-gothique ou ado au saut du lit.

– Et comme ça, c'est mieux ?

Moue de déception de madame. Sourire d'approbation de monsieur. Mais qu'en pensera Rémi, quand il viendra le chercher vers 13 h 30 ?

***

À 13 h 30 pile, le carillon retentit dans l'entrée.

Apparemment, rien.

– Super, t'es prêt ! se réjouit son copain en le découvrant qui vient l'accueillir dans le vestibule. On ne sera pas en retard. Je suis un peu à cran, et toi ?

En bon maître Jedi, Hugo ne montre rien de sa déconvenue. Il répond :

– Pas du tout. On y va ? Mon VTT est réparé.

– Tant mieux, je n'aurai pas à t'emmener sur le mien. Allons-y. Je sens que ça va déchirer. Je crois que c'est bon pour moi avec la petite Judith…

– Quoi ? Mais…

Rémi éclate de rire, puis gronde :

– La vengeance est un plat qui se mange froid… Oh là, ne fais pas cette tête ! Je te charrie. Tu sais bien que moi et les filles…

– Ah bon ? Tu préfères les garçons ?

– Pfff ! Ce que je veux dire, c'est que je suis du genre timide. Dès que j'en approche une qui m'intéresse, je rougis, je bafouille et je passe pour un naze. Pas toi ?

La vérité, c'est qu'Hugo ne s'est jamais vraiment posé la question. Au Sénégal, les relations entre garçons et filles étaient beaucoup plus simples et, lui semble-t-il, naturelles. Mais peut-être qu'au fond, il se trompe et qu'il se fait tout un monde de ce qui, finalement, n'est ici pas différent d'ailleurs.

– On verra, élude-t-il.

Ils quittent la maison des Lancelot, le pas léger et l'humeur au beau fixe, d'autant qu'ils sont deux pour affronter l'épreuve.

8

Une fête en mode baston

Les deux copains arrivent légèrement essoufflés devant un pavillon de plain-pied, modeste certes, mais coquet. On y accède par une allée de gravier rose, bordée de jolis parterres de fleurs. Sans descendre de vélo, Rémi vérifie le nom sur la boîte aux lettres :

Gautier. C'est bien là. On sonne ?

– Pas la peine, la porte d'entrée est ouverte.

De part et d'autre du portillon blanc, lui-même grand ouvert, des vélos et des scooters garés contre la haie de thuyas signalent que les deux amis ne sont pas les premiers. Ils s'enhardissent à franchir ce premier seuil puis, malgré tout, une fois sur le perron, pressent le bouton du carillon d'entrée. Presque aussitôt, surgit dans le vestibule une jeune fille brune, en jean rose et chemisier blanc sur lequel luisent des perles de strass multicolores. Elle est maquillée comme pour un mariage, et ses longs cheveux bruns sont ornés de minuscules papillons luisants.

Par son accueil enjoué, avec cris de joie et une bise généreuse sur chaque joue, Hugo est convaincu que cette fête va marquer un tournant dans sa vie d'ado extraterrestre jusque-là bien sage. Autrement dit, il s'apprête à redescendre sur Terre. Ça commence déjà, puisque Judith a réussi à lui faire piquer un far. Et le voici qui bredouille un « Merci. Tiens, c'est pour toi ». En guise de cadeau d'anniversaire, il lui a apporté, enveloppé dans un papier à fleurs aux couleurs vives, un objet venant d'Afrique. Il appartenait à sa mère qui lui en a fait don pour cette occasion :

– Oh, quel tissu magnifique ! C'est une robe ? s'extasie la jeune fille en découvrant son présent.

– Une spécialité de l'île de Gorée, en face de Dakar. Elle sera peut-être un peu longue, mais avec une re…

Elle lui saute au cou et le remercie encore avec une telle fougue que… *Ça y est, je suis amoureux !* Qu'il en reste cloué sur le paillasson.

– Entrez ! Je suis super contente que vous soyez venus. Nous ne serons pas très nombreux, parce que… Enfin, la taille du salon limite un peu les possibilités, mais il n'y aura que des gens que j'apprécie.

Hugo n'en revient pas. Il se tourne vers son copain Rémi, qui, bizarrement, a plutôt l'air d'avoir pris un coup de bambou derrière les oreilles. Son copain devine pourquoi : leur hôtesse lui a à peine prêté attention. Quant au cadeau qu'il a apporté – une boîte de chocolats –, cela n'a pas eu l'air de soulever l'enthousiasme de leur hôtesse. Le déçu retrouve cependant le sourire lorsque Morgane, la meilleure copine, vient se pendre à son cou, tandis qu'elle adresse juste un salut poli à Hugo.

Finalement, donc, les deux camarades peuvent émettre un égal soupir d'aise. L'après-midi s'annonce sous les meilleurs auspices. En plus, la musique est bonne !

***

Quelle métamorphose ! Est-ce bien la même Judith Gautier que celle du collège Voltaire ? Hugo la dévore des yeux, et il lui semble que c'est réciproque ! Elle ne cesse de lui adresser des sourires et des œillades, de se préoccuper de lui : « Ça va ? Tu vas te servir au buffet, hein, tu n'hésites pas. Et puis, si tu veux qu'on mette une musique que tu aimes bien, tu me demandes. Je suis abonnée à Deezer, je peux passer ce que je veux dans les haut-parleurs. » Il répond des « oui, oui, merci », des « OK » et des « super ! » Du reste, il n'a plus de voix. Mais le pire, c'est la danse. Tandis qu'il lorgne avec envie son copain Rémi qui se dandine au milieu de la petite dizaine d'invités, lui ne parvient qu'à se bouger mollement, les semelles collées au sol, tels ces amateurs de *rave party* qui paraissent, surtout en fin de nuit, n'être plus alimentés que par une pile de 1,5 volt à bout de souffle. Pourtant, lorsqu'il participait à des fêtes au Sénégal, il était parmi les plus joyeux et de ceux qui bondissaient le plus haut.

Que m'arrive-t-il ? s'interroge-t-il. En tout cas, cela n'affole pas son copain Bastiani, qui vient justement le voir pour lui glisser à l'oreille :

– Je voudrais pas vendre la peau de l'ours, mais je crois que pour nous deux, c'est dans la poche. J'attends le prochain slow pour conclure. Et toi ?

– Conclure ? répète Hugo, troublé. Oui, je vais voir.

Tout à coup, les rythmes syncopés laissent place à une mélodie ondulante, romantique à souhait. Comme un fait exprès, Judith a lancé celle du générique d'un ancien film qui fut en son temps un classique des amours adolescentes : *La Boum*. Le cœur d'Hugo s'emballe. Il faudrait qu'il l'invite. Elle n'attend que cela, c'est sûr ! Ça se voit.

Là-bas, à l'autre bout du monde, plantée entre la sono installée sur une table basse et le buffet couvert de petits fours et autres douceurs colorées, elle observe avec contentement les couples qui se constituent… Trois, pour le moment. Un garçon s'approche d'elle ! Hugo écarquille les yeux. Sa respiration se bloque. Ouf ! Il vient juste se servir un jus de fruits. *J'y vais !* décide-t-il enfin, car un tel manque d'audace n'est pas digne d'un chevalier Jedi.

C'est alors que fait son entrée dans le salon/salle de bal un groupe d'individus, tous vêtus de sweat-shirts noirs et la capuche relevée, bien que dehors il fasse un temps radieux. Blême, Judith va à leur rencontre. Malgré la musique, Hugo entend :

– Qu'est-ce que vous faites là ? Je ne vous ai pas invités. Fichez le camp !

Il identifie le Trio infernal et Greg Martinot, dont la silhouette trapue est reconnaissable entre toutes. Le cinquième individu lui est inconnu. Hugo devine la suite, mais reste comme figé d'indécision. Rémi se rapproche de lui :

– Ça, c'est la bande des Mariniers.

– Je sais.

– Ils sont venus foutre le bordel.

– Évidemment, confirme Hugo.

– S'il y a de la bagarre, on fait quoi ?

– Je crois que le moment est venu de les neutraliser.

Rémi le retient par un bras, alors que le ton monte entre Judith et deux des intrus qui se déplacent comme s'ils investissaient les lieux, en toute bonhomie.

– Attends ! Ils sont cinq ; ils vont te massacrer. Je te préviens, faudra pas compter sur moi ni sur aucun des autres invités.

– Je n'ai besoin de personne, réplique son ami, sans cesser de fixer le groupe qui semble particulièrement intéressé par le buffet.

Il échappe à la poigne de Rémi pour rejoindre Judith et Morgane aux prises avec les intrus.

– Ça suffit. Vous partez où j'appelle mes parents ! s'écrie la première.

– Vous n'allez pas gâcher notre fête, espèce de sales racailles de décharge publique ! lance la seconde.

– Oh là ! Cool, les meufs, proteste Greg Martinot en rejetant sa capuche en arrière. On vient dire bonjour… à not'pote Lancelot ! Yééé ! Comment ça va, mon frère ?

Bras écartés, sourire jusqu'aux oreilles, il se tourne vers Hugo. Judith fusille ce dernier du regard.

– C'est toi qui les as amenés ? s'étrangle-t-elle d'indignation.

Interloqué, le garçon se défend :

– Mais non. Je te jure…

– Alors, comment ils ont su ?

L'un des acolytes de Martinot fait remarquer :

– À part Lancelot, je vois que des mecs des Tanneries ici. Elle aurait pu au moins inviter Greg, ta copine, ajoute-t-il s'adressant à Hugo.

Un cri retentit du côté du buffet. Un des garçons invités qui, semble-t-il, tentait d'intervenir pour en éloigner Marion et son grand petit copain, vient de se prendre un verre de jus de fruits dans la figure.

Judith écarquille les yeux en découvrant la fille qui dissimulait jusque-là son visage sous sa capuche :

– Marion ? Dis-moi que je rêve. Tu es venue avec ces voyous pour détruire ma fête d'anniversaire ? Ça va pas recommencer, hein ?

– Vous vous connaissez ? demande Hugo.

– Oui, enfin…

Marion étire un sourire en coin difficile à interpréter : cruauté ou gêne ? Rémi doit connaître l'explication, car il glisse à l'oreille de son copain :

– Je t'expliquerai.

– Ouais, bon ça va, on te pardonne, lâche alors Marion. T'as oublié d'inviter ton ancienne meilleure copine, mais je ne peux pas t'en vouloir.

La volonté de provocation est évidente, et la peur de Judith tout autant.

– Tu n'as jamais été ma meilleure copine, proteste cette dernière.

Morgane prend alors l'initiative d'intervenir avec brutalité :

– Barrez-vous ! On vous a assez vus ! s'exclame-t-elle en repoussant le copain de Marion à deux mains.

Le garçon se dérobe et réplique en la bousculant violemment. L'adolescente heurte et renverse le meuble de la sono. Hugo se décide enfin à assumer son rôle de chevalier Jedi et gardien de paix :

– Martinot, viens dehors avec tes potes. On va s'expliquer.

– S'expliquer à quel propos ? On est là pour faire la fête. On vient en paix, mec. C'est toi qui nous cherches !

Judith perd soudain son sang-froid. Elle se jette sur l'un des voyous pour lui arracher des mains la guirlande de fleurs en papier qui serpentait entre les plateaux de friandises du buffet, et avec laquelle il a entrepris de jouer.

– Dehors ! ordonne Hugo. Je ne veux pas qu'il y ait de dégâts ici.

– Des dégâts ? Hé ! Comme il y va le… le con, réplique Greg.

Il considère, déconcerté, son vis-à-vis qui s'est campé en position de combat, tel un judoka. Puis tout à coup, il explose de rire, si bien qu'il ne voit pas venir le coup de talon au plexus qui lui coupe net le souffle. Le deuxième est un tranchant de main à la base du cou, le troisième une claque sur l'oreille droite qui l'étourdit.

Pour finir, en guise d'enclume sur le gâteau, deux poings joints s'abattent sur son crâne, l'expédiant à terre.

Hugo reprend ses distances et sa position de judoka. L'acolyte inconnu de Martinot tente une attaque de côté par un ample coup de pied qui ne rencontre que le vide. Trois secondes, deux frappes au ventre et un uppercut bien ajusté sous la glotte l'envoient rejoindre son chef de meute sur le parquet. Reste le Trio infernal, sidéré, à l'instar de Judith et ses invités.

– Hugo, comment t'as fait ça ? souffle Rémi.

– J'ai cinq ans de pratique de taekwondo avec l'un des plus grands maîtres d'arts martiaux au monde.

– La vache, ce que tu leur as mis !

L'incident devrait être clos ; pourtant, Judith éclate en sanglots sur sa fête gâchée. Et voici que le Trio infernal se déchaîne sur le buffet, piétine la sono, balance les plateaux de friandises à travers la pièce. Hugo attaque l'un d'eux, mais reçoit un coup d'épaule en traître de l'autre garçon qui l'envoie percuter Morgane. La jeune fille pousse un cri de douleur. Le temps que le Jedi retrouve son équilibre et se retourne, les vandales ont quitté la pièce.

Le souffle court, les yeux luisants de rage, il contemple ce spectacle de désolation. Soudain, il s'élance hors de la pièce. Rémi se précipite sur ses talons.

9

La guerre de l'infox

De rage, Hugo frappe du pied le ciment du trottoir. Sur leurs scooters pétaradants, Greg et sa clique disparaissent à l'angle de la rue. Rémi rejoint son ami devant la maison de Judith et lui pose une main amicale sur l'épaule :

– Dis donc, tu leur as mis une de ces raclées ! Tu nous avais caché ça.

Son copain grommelle une vague approbation, puis demande :

– C'est quoi l'histoire entre Judith et Marion ?

– Bof... Une histoire de jalousie. L'an dernier, elles étaient plus ou moins copines. Ça s'est gâté quand Lukas a commencé à draguer Judith, qui a fait semblant d'être intéressée. Comme tu as pu le remarquer, elle aime bien jouer avec les nerfs des mecs qui tentent des approches. Ça n'a pas duré longtemps, parce que celui-là est vraiment trop lourd ; mais Marion s'est quand même vexée. Elle a commencé à harceler Judith, et méchamment, jusqu'à ce que ça se finisse dans le bureau du CPE. Depuis, c'est la paix armée. Mais je te parie qu'elles vont remettre le couvert, comme dirait mon père.

– Cette fois, je serai là.

– Qu'est-ce que tu comptes faire ?

– Côté Martinot, j'espère qu'il a compris la leçon. Marion et ses chiens de garde, va falloir qu'ils se calment.

– Je serais curieux de voir ça. Tu comptes lui causer du pays, façon Jacky Chan, à elle aussi ?

– C'est peut-être un scorpion, mais moi, je suis un dragon. On verra… Viens, on y retourne.

Dans la maison, ils retrouvent Judith en larmes, effondrée sur une chaise. Accroupie près d'elle, Morgane tente de la consoler. Des invités, il ne reste que trois gourmands qui discutent devant le buffet tout en s'empiffrant – « pour pas gâcher », se justifie l'un d'eux auprès de Rémi. Tous les autres se sont discrètement éclipsés.

– Ça va aller ? s'enquiert Hugo, en s'approchant de la jeune éplorée.

Elle lève son visage luisant de larmes pour le fixer avec une expression difficile à interpréter : rancœur ou reconnaissance ?

– Tu peux rentrer chez toi, la fête est finie, grommelle-t-elle.

– On peut t'aider à ranger.

– Tu te fiches de moi ? C'est de ta faute tout ça. Va-t'en, je ne veux plus jamais qu'on se parle.

Morgane s'indigne aussitôt :

– Hé, Judith, faut pas t'en prendre à lui ! Il n'y est pour rien.

Le regard de Judith change d'expression.

– C'est vrai ? Tu me le jures ? demande-t-elle en forçant une voix de petite fille chagrinée.

Hugo pense : *Quelle comédienne !* Il fait quand même l'effort d'entrer dans son jeu :

– Bien sûr que c'est vrai. Justement, je voulais te dire que je serai toujours là pour te protéger.

Si Marion ou n'importe qui d'autre s'en prend à toi, même verbalement, tu m'appelles. D'accord ?

Elle acquiesce. Finalement, cette fête ne sera pas si ratée que cela. Et pour finir, cerise d'amour sur le gâteau d'anniversaire :

– J'ai adoré comment tu leur as fichu la honte.

Le chevalier Jedi garde le silence et un visage impavide, mais à l'intérieur, c'est une explosion de fierté et un sentiment de puissance comme il en a rarement connu.

– Et si on reprenait la fête ? lance tout à coup Rémi. On en était où ?

– À *La Boum*, répond Morgane. Mais là, franchement, je préférerais un truc qui désosse un peu plus.

Judith retrouve aussitôt le sourire et, avec ses six invités restants, une excitation de collégiens à qui on viendrait d'annoncer une distribution gratuite de bonnes notes.

***

Le lundi suivant, à peine Hugo a-t-il franchi la grille du collège que Verbinsky fond sur lui :

– Lancelot ! Le superhéros de Voltaire !

Le « héros » accueille le compliment avec un rictus d'agacement. Il remarque au passage que le grand brun est passé chez le coiffeur pour une décoloration qui l'a transformé en grand blond peroxydé, avec une coupe dite « Pompadour ». Il connaît le nom de cette coiffure pour avoir failli l'adopter. Au final, il a préféré garder ses mèches folles savamment désordonnées, qui donnent un air plus décontracté. Le chef de la bande des Tanneries le prend par l'épaule pour lui annoncer :

– Tu sais que tes exploits de samedi, chez Judith, sont sur LikeYou ? Regarde ! Partagés déjà huit cent trente fois.

Le jeune lui exhibe sous le nez son smartphone qui affiche la page de ce réseau social tout nouveau, mais qui fait fureur chez les ados, au point de concurrencer les grands classiques. Outre des photos, on peut y diffuser des vidéos 3D obtenues à partir d'une prise de vue 2D, grâce à un programme d'intelligence artificielle. L'effet est bluffant. Pourtant, Hugo grimace d'embarras au visionnage des trente secondes d'une scène où on le voit mettre une raclée express à Greg Martinot, sous le regard effaré de Judith et de ses invités.

– C'est sans trucage, hein ? s'enquiert Verbinsky.

– Qui a posté ça ?

Sous-entendu « que je lui passe à lui aussi une tannée express ».

– Je ne sais pas. Un mec des Mariniers, sûrement… Ah oui, pardon, j'ai oublié de mettre le son. Tu vas voir, ça va te plaire.

Un petit « clic » de l'index sur l'écran, et la vidéo 3D est rediffusée, avec en voix off le commentaire du garçon qui l'a réalisée : « À gauche, celui qui se prend pour *Karaté Kid*, c'est Hugo Lancelot. L'autre s'appelle Grégory Martinot. Ils sont en quatrième, à Voltaire. En fait, ce qui s'est passé, c'est que Lancelot a agressé sexuellement une fille pendant une fête d'anniversaire. Il a voulu l'embrasser de force. Martinot est intervenu pour aider la fille, mais il ne savait pas que l'autre était un champion de karaté. Regardez comment il l'a massacré… »

Hugo sent une vague de frissons lui picoter le cuir chevelu. La vidéo se fige sur un gros plan de Greg, se tordant de douleur au sol : « Alors, les filles, un conseil : si vous croisez ce Lancelot, faites gaffe, il est un peu chelou sur les bords. Et faudra pas compter sur vos potes pour vous défendre. Allez, à bon entendeur… »

Et comme si cela ne suffisait pas, le message se termine par l'affichage en gros plan du buste d'Hugo, un cliché volé dans une autre circonstance où il affiche une mine chafouine. Verbinsky commente :

– Tu te rends compte de ce qu'ils sont capables de faire, ces enflures de Mariniers ? Moi, si j'étais toi, je ne laisserais pas passer. Faut te venger, mon frère. Et si tu veux…

– Fiche-moi la paix ! le coupe Hugo en se dégageant d'un mouvement d'épaule du bras amical de Verbinsky, pour s'éloigner à grands pas.

Peu après, sous le préau, il retrouve Rémi Bastiani. À son expression, ce dernier est déjà au courant pour la vidéo-infox.

– Le salaud, il va me le payer ! Et cher… gronde le superhéros de Voltaire. Tu as vu la vidéo sur LikeYou ?

– Oui. Tu veux mon avis ?

– Te fatigue pas, je le connais. Je ne vais rien démentir, ni porter plainte, ni en parler à mes parents, et encore moins au CPE ou à la Principale. Je suis capable de gérer.

– Génial. Comment ? À coups de pelle à tarte dans la tronche ?

Hugo dévisage son copain, les traits tendus. Puis brusquement, son expression se fait un peu retorse :

– Moi aussi, je sais manipuler l'information. Je vais troller le compte de Martinot et diffuser une photo où on le voit en train de chanter dans une fête avec une bouteille de whisky à la main…

– Oh ! Il a vraiment fait ça ?

– Non, mais j'ai une photo de lui où on le voit faire l'idiot. Ce con l'a mise sur une page Facebook. La bouteille, c'est moi qui vais la lui coller dans la main.

– Mouais. Pas sûr que ça fasse le buzz. Tu sais, des jeunes qui font les idiots, on en trouve à la pelle sur Internet.

Décontenancé, Hugo reste songeur un court moment, puis tranche :

– Ou alors, je ferai courir une rumeur comme quoi il fait du trafic de drogue dans sa cité.

Rémi hoche la tête, affligé.

– Mais non, je rigole ! le rassure son copain. C'est vrai que je suis un peu vénère et que je me sens capable de leur dévisser la tête. Mais seulement en rêve. Et je peux te jurer une chose : jamais je ne m'abaisserai à leur niveau, jamais je ne naviguerai dans leur caniveau…

Il s'interrompt, car il aperçoit, à l'opposé du préau, Greg Martinot, qui entre dans les toilettes. Sans un mot d'explication à son compagnon, il se précipite et s'y engouffre.

Moins d'une minute plus tard, il en ressort, satisfait, suivi après quelques secondes par un Martinot rubicond qui tient sous son nez un mouchoir maculé de sang.

– T'as remis ça ? Dans le collège ? Tu cherches l'expulsion, ou quoi ?

– Je lui ai juste demandé de publier une vidéo sur LikeYou pour s'excuser d'avoir tenté de salir ma réputation.

– Ah. Et alors ?

– Il m'a ri au nez... Je lui ai cassé le sien. La prochaine fois qu'il me fera une crasse, je lui ai promis que je lui exploserais les deux genoux. Je crois qu'il a compris.

Rémi n'en est pas si sûr. Il ouvre la bouche pour le mettre en garde, mais la sonnerie de début de cours lui ravit la parole. Cela attendra...

10

Le côté obscur de la Force

L'après-midi de ce lundi, un peu avant la reprise des cours, Hugo remarque la mine sombre de Judith. Morgane est assise avec elle sur l'un des bancs de la cour et tente visiblement de la persuader de quelque chose. Le garçon se rapproche, demande s'il peut s'asseoir.

– Ça n'a pas l'air d'aller, s'enquiert-il ensuite. Marion te fait encore des misères ?

C'est Morgane qui répond, en lui tendant son smartphone :

– Tout à l'heure, cette pouffiasse a posté ça. C'est carrément dégueu !

Hugo regarde la photo affichée sur l'écran et se dit qu'il a déjà vu des clichés plus laids. Il s'agit de Judith, surprise à la sortie de la douche, dissimulant ses parties intimes. On ne voit pas grand-chose et elle est tout sourire, ce qui pourrait limiter l'impact de cette diffusion, mais sur le principe…

– Effectivement, ça craint, commente-t-il.

– Marion l'a postée sur tous les réseaux sociaux qui existent sur terre, explique Judith. Je vais passer pour quoi, moi ?

– Pour une jolie fille. (Elle le dévisage, surprise, mais flattée.) N'empêche, ça se fait pas, ce genre de crasse. Tu sais comment elle a eu cette photo ?

– C'est du temps où on était copines. On avait passé un week-end dans la maison de campagne de mes parents. Je peux te dire que ça a été la première et la dernière fois. Parce que je me suis vite rendu compte que cette fille était malsaine. Ce qui m'inquiète, c'est qu'elle a peut-être d'autres photos de moi, et cette fois…

– Ne t'en fais pas, je vais m'occuper d'elle.

– Quoi ? Je te l'interdis ! Je ne veux pas qu'elle croie que c'est moi qui t'envoie. Elle serait encore plus méchante.

– Fais-moi confiance. Je ne lui dirai pas que j'ai vu ce qu'elle a mis sur Internet. Je vais juste l'avertir qu'elle et les deux larves qui lui servent de gardes du corps ont intérêt à te laisser tranquille, et aussi mes copains… Enfin, je veux dire, mon copain. Parce que moi aussi, je peux lui pourrir la vie, à cette pouffiasse. Comme elle n'a pas idée !

– N'importe quoi ! Ça se voit que tu débarques d'une autre planète. Ici, la violence, c'est *no limit*. C'est toi qui n'as pas idée de ce qu'ils peuvent te faire, elle, et surtout Martinot, d'ailleurs. Cette racaille est vraiment capable de tout. Alors, s'te plaît, reste en dehors de mes affaires et fais-toi discret.

– Mais…

Elle se lève et s'éloigne. Morgane lui emboîte le pas, après avoir ajouté son commentaire personnel :

– Elle a raison. Fais-toi *tout petit* comme ça… (elle montre le tout petit en question entre son pouce et son index) et ça finira pas se tasser.

Hugo reste pensif un moment sur ce banc, se répétant en boucle : *Fais-toi tout petit, fais-toi tout petit…* Jusqu'à ce qu'il conclue : *C'est pas le genre de la maison*. Pourtant, cette déplaisante passe d'armes lui reste sur l'estomac le restant de la journée. De manière croissante, comme s'il prenait peu à peu conscience, mais sans parvenir à monter jusqu'à la pleine lumière de la lucidité, qu'il est vraiment, mais alors vraiment beaucoup trop sûr de lui. S'il le questionnait, maître Cheng lui poserait son diagnostic d'un seul mot, tranchant comme un katana japonais : arrogance. Mais il ne le fera pas, justement parce qu'il est quand même un minimum capable de s'autodiagnostiquer…

***

Les jours suivants, malgré les menaces de représailles d'Hugo, Martinot et sa bande ne relâchent pas la pression. Dans les couloirs, toute occasion est bonne pour faire un croche-patte, balancer une insulte à la dérobée, ou provoquer une bousculade. Sur les réseaux sociaux, le déferlement de vulgarités, d'infox ou même simplement d'allusions toutes plus perverses les unes que les autres semble n'avoir aucune limite. Si bien qu'Hugo a fini par se désabonner de tous les sites et applications susceptibles de servir de porte d'entrée dans sa tête. Reste son téléphone. Des correspondants anonymes le bombardent de SMS injurieux et menaçants. De jour, comme de nuit. Mais son plus gros désagrément, il le doit à une négligence. Lors d'un cours de maths, il devait résoudre au tableau un problème assez ardu de géométrie, quand soudain, son mobile s'est mis à vibrer dans sa poche de jean. Il a piqué un fard et perdu le fil de sa pensée. Le prof s'est rendu compte de son trouble, mais l'a néanmoins invité à poursuivre. Le cousin Martinot a pouffé si fort qu'il s'est fait rappeler à l'ordre. C'était donc lui, le responsable de cet appel intempestif. La vibration s'est interrompue au déclenchement du répondeur. Moins d'une minute plus tard, ça a recommencé. Hugo n'osait pas extraire son mobile de sa poche pour l'éteindre, de crainte d'être puni par ce prof dont la sévérité est redoutable. Du coup, il a raté sa prestation, ce qui l'a mis hors de lui. À la sortie du cours, il n'a même pas attendu que le mauvais plaisantin soit sorti de la classe. Il s'est placé dans son dos, lui a fait plier le genou, et l'a envoyé au sol d'un violent coup de coude dans la mâchoire. Deux secondes ! La vengeance était consommée. C'était sans compter sur la réaction du cousin Martinot ; le garçon s'est mis à hurler comme un goret qu'on égorge…

Résultat des courses, le vengeur démasqué a eu droit à une leçon de comportement cuisante de la part du prof de maths, qui l'a gratifié en outre de trois heures de colle et d'une mention dans son carnet de correspondance. L'autre a quand même eu droit à la confiscation de son smartphone qu'il a dû récupérer chez le CPE.

Fin de l'incident, ou presque…

Plus tard, dans la cour du collège, le chef de meute des Mariniers accoste Hugo pour l'informer qu'il a appris pour le « coup en traître dans la tête de son cousin ». Puis, il avertit :

– Lancelot, là, tu viens de signer ton arrêt de mort. On va te massacrer. Même ton chien te reconnaîtra pas.

Hugo est tenté de lancer une réplique ironique, mais il lit une telle détermination sur la figure déformée par la haine de ce voyou – au point d'en devenir hideuse –, qu'il en a la chair de poule. Il se contente d'un demi-rictus de mépris.

L'ennemi parti, Rémi, qui s'était éloigné le temps d'aller aux toilettes, le rejoint et lui demande :

– Alors, qu'est-ce qu'il te voulait, ce connard ?

– Me dire qu'il appréciait ma gentillesse et ma délicatesse.

– OK, j'ai compris. Il a menacé de te crever, c'est ça ?

– Et alors ?

– Il l'a déjà fait, mais il n'est jamais passé à l'acte. En tout cas, si j'étais toi, je garderais toujours un œil en arrière à partir de maintenant, parce que c'est toujours par-derrière qu'il attaque.

– Je n'ai pas peur de lui.

– Tu devrais.

Ils s'en tiennent là pour le moment. Cependant, Hugo est bien conscient que l'incident a allumé en lui un feu inconnu, et bizarrement plutôt grisant. Comme s'il se réjouissait au fond de ce que cette menace de mort allait lui permettre d'entreprendre, et qu'il avait rejeté jusque-là avec la plus grande fermeté…

***

En fin de journée, de retour dans sa chambre, Hugo tente d'entrer en contact avec maître Cheng. Pour la première fois depuis qu'ils échangent ainsi, il le fait sans conviction, et même avec une certaine appréhension.

> Bonjour, maître Cheng. Vous êtes en ligne ?

La communication est établie une heure plus tard, ce qui lui a laissé le temps de faire ses devoirs, mais aussi de méditer sur les derniers événements qu'il relate à son mentor de manière très factuelle, comme d'habitude. Il termine son message ainsi :

> Cet abruti de Martinot ne se rend même pas compte de la violence de ses mots. Mes parents ont reçu le même genre de menaces quand maman était en mission au nord du Mexique, dans la région de Tijuana, la ville la plus dangereuse du monde.

Là, ça craignait. Ils ont dû être rapatriés vite fait. J'étais pas encore né, mais il paraît qu'ils ont eu la trouille de leur vie. Venant de ce minable roquet, ça ne m'a fait ni chaud ni froid. Je n'ai rien répondu, mais j'aurais peut-être dû.

Pourquoi ?

Hugo fixe l'écran avec perplexité. Cela paraît pourtant évident : « Parce qu'il a cru m'avoir fait peur et que comme ça, il va penser que je suis un trouillard et il va continuer à me chercher des ennuis, jusqu'à ce que (il interrompt sa frappe. *Jusqu'à ce quoi ?* s'interroge-t-il. Il termine sa phrase avec l'image ridicule qui lui vient à l'esprit :) je me jette à genoux et lui demande pardon. »

Il valide tout en se demandant comment maître Cheng va réagir.

Parce que tu penses qu'il a une idée précise de ce que sera sa victoire ?

Franchement, ça m'étonnerait. Il n'a pas assez de neurones pour ça.

Ce n'est pas une question de neurones. Il est exactement dans la même situation que toi.

C'est-à-dire ?

Un aveugle sans canne qui s'est engagé sur un chemin escarpé et caillouteux, sans savoir où il mène.

Pardon, maître, mais moi, je sais parfaitement où je vais.

Où vas-tu ?

Hugo réfléchit. À vrai dire, il ne sait pas trop comment formuler ce qu'il ressent, tant c'est embrouillé dans les profondeurs de sa conscience. Or, son mentor est très exigeant sur la précision des réponses qu'on lui apporte. Il appelle cela « l'expression de la lucidité ». Autrement dit : « Celui qui n'est pas capable d'expliquer, avec force, détails et rigueur, le pourquoi du comment est un ultracrépidarien. » Le jour où il lui a sorti ce mot imprononçable, Hugo a éclaté de rire. Pas lui. C'était durant un été de vacances au Japon, alors qu'ils se promenaient dans un jardin zen. Au lieu de se contenter de s'imprégner de la sérénité du lieu, l'adolescent fanfaronnait en lui expliquant la dangerosité supposée de la 5G sur le cerveau humain. En vérité, il n'y connaissait rien et ne faisait qu'ânonner les propos d'un de ses camarades de classe, qui lui-même le tenait d'un adulte connu pour avoir un avis sur tout et n'importe quoi, pourvu que cela lui permette de monopoliser la parole dans une conversation. Autrefois, le terme pour qualifier ce genre de pédant prétentieux était « cuistre ».

> Je veux juste qu'il comprenne qu'en dehors de sa cité, il n'est pas un caïd et que ce n'est pas lui qui fait la loi.

> Ce serait donc toi, le caïd d'en dehors de sa cité ? Pour la bonne cause, si j'ai bien compris.

> Ce n'est pas ce que j'ai voulu dire. Pardon, maître, mais vous déformez ma pensée.

> Elle l'est déjà. Tu crois être sur le droit chemin, celui de la justice et du bien, mais tu t'es perdu dans les marais de l'orgueil. Je te propose une image qui te parlera mieux : si tu t'appelais Anakin Skywalker, je dirais que tu es en train de basculer du côté obscur de la Force. Et il est vrai qu'il est tentant, ce choix de la violence pour le pouvoir au service de soi-même. Il est vrai aussi que le pouvoir procure une jouissance terriblement addictive, la défense du bien n'étant qu'une justification pour la bonne conscience. C'est cette même addiction qui engendre les plus grands tyrans et mène aux pires catastrophes de l'histoire humaine. À l'échelle d'un adolescent, cela ne devient dangereux que s'il se prend au sérieux, s'il perd sa lucidité, la raison si tu préfères, et qu'il laisse ses émotions déterminer ses actions. Ce qui est votre cas, à l'un comme à l'autre.

Hugo commence à taper une réponse polie, « Merci, je vais méditer sur tout ça », mais maître Cheng n'a pas tout à fait terminé :

> Je suis inquiet, Hugo. Il serait temps que tu te reprennes, car dans ce combat que tu as engagé, il n'y aura que des perdants et des victimes innocentes.

11

Un début de prise de conscience ?

Hugo rumine un long moment, assis sur son lit, les bras croisés, le dos calé contre son oreiller, la mine sombre. Il est en colère, mais il ne sait pas contre qui. Maître Cheng, parce qu'il ne le comprend pas ? Sûrement pas ! Bien qu'il commence à l'agacer avec ses énigmes philosophiques, alors que les réalités sont simples : il est entouré de primitifs, avec des problèmes de primitifs, qui ne savent les résoudre qu'en bombant le torse, en grognant, et en se fichant des coups sur la figure. Le pire, c'est qu'ils y prennent plaisir. Il serait donc en colère contre ces « mous du bulbe » ? Certes, mais pas qu'eux. Il sent bien qu'il a aussi des raisons de s'en vouloir, par exemple de s'être mêlé d'embrouilles qui ne le concernaient pas. Rémi, lui, au moins, a su se préserver de tout ça. Bizarrement, il serait presque tenté de jalouser sa tempérance, parce qu'elle plairait beaucoup à maître Cheng. Mais, et s'il s'agissait de lâcheté plutôt que de sagesse ?

Et Judith ? Que doit-il en penser ? Victime ou responsable ? Victime du Trio, qui, d'ailleurs, n'est plus que couple à ce qu'il paraît… Les ménages à trois, ça ne marche jamais très longtemps ! Victime, cela ne fait aucun doute. Ils la harcèlent, de plus en plus méchamment, semble-t-il, et ça, c'est inacceptable. Responsable ? En quoi ? De les avoir provoqués, peut-être. D'avoir été la copine d'une fille malsaine ? D'avoir fait les yeux doux à son copain, juste par coquetterie ? « Ça, c'est une explication, pas une justification ! » comme dirait sa mère. Il sourit au souvenir de cette phrase brillante qu'elle lui avait dite alors qu'il tentait de noyer une bêtise dans un flot de paroles.

Soudain, une idée lui traverse l'esprit :

– Et si je l'appelais ?

Il n'est pas très tard… Oui, il va le faire ! Vaillant comme un Jedi, le cœur battant comme un jouvenceau. Ça sonne… Ça décroche :

– *Hum, allô ?*

– Bonjour… euh… bonsoir, plutôt. C'est Hugo.

Silence.

– *Pourquoi tu m'as pas contactée par le tchat de LikeYou ?*

Décontenancé, le garçon se demande ce qu'il doit répondre. Il a en effet remarqué qu'ici, en métropole, les jeunes de sa génération ne s'appellent plus, comme si c'était fatigant ou ringard de converser comme des humains dotés du sens de la parole. Ils préfèrent dépenser un temps fou à s'échanger des messages tapotés à la va-vite sur leurs écrans minuscules…

– Je sais, c'est stylé de se parler par textos : « T ou », « Tu fé quoi ? », « J'te kiffe grave »…

Hugo écarquille les yeux, outré de sa propre audace : *C'est moi qui ai dit ça ?* Du coup, il convient qu'il est finalement plus prudent de converser par écrit, puisqu'il n'aurait sûrement pas laissé passer ce lapsus. Il faut qu'il se rattrape, et vite ! Mais elle lui ravit la parole :

– *Qu'est-ce que tu veux ?*

Quelle voix d'outre-tombe !

– J'appelle juste pour… pour savoir si ça va.

– *Qu'est-ce que ça peut te faire ?*

Pincé, il se mord la joue pour ne pas lui renvoyer : « Rien ! Salut ! » et raccrocher.

– Ben… j'avais envie de t'appeler, c'est tout. T'es sûre que ça va ? Parce qu'à ta voix, je dirais plutôt que ce n'est pas la grande forme.

– *Non, ça va pas ! Est-ce que t'es content ?*

– Judith, je m'inquiète pour toi. Tu trouves ça bizarre ? Mais bon, je ne veux pas t'embêter. (Petit temps de silence.) Si je te dérange, je te laisse…

– *Ça a recommencé*, lâche-t-elle d'une voix étranglée.

– Le harcèlement par le Trio infernal ?

– *Oui. Enfin, ils ne sont plus que deux.*

– Je sais. Et alors ?

– *Marion veut balancer une autre photo de moi, et cette fois, je suis toute nue, ou presque.*

– Elle n'a pas le droit.

– *Parce que tu crois que ça va la gêner, cette pouffiasse ?*

Hugo réfléchit quelques secondes, puis se dit qu'il doit se comporter en garçon responsable et maîtrisé :

– Je lui parlerai demain, mais promis, sans la menacer ni la frapper. Ce sera juste pour lui expliquer que ça ne se fait pas ce genre de crasses, qu'elle vaut mieux que ça. Enfin, tu vois. Rien de méchant. Pas de violence.

– *Hugo, je refuse que tu dises quoi que ce soit. Personne ne doit être au courant. Tu m'entends ? Personne ! Et surtout pas Rémi. Il serait capable d'aller porter plainte à ma place. Et là, ma réputation, elle serait morte. J'aurais plus qu'à me suicider...*

– Oh... Je t'interdis de parler comme ça.

– *D'abord, je parle comme je veux. Ensuite... s'il te plaît, ne t'en mêle pas. Promis juré, si je suis vraiment en danger, je t'appelle. C'est bien toi qui te prends pour un chevalier Jedi ?*

– Ouais, enfin, j'ai dit ça un jour pour rigoler. Mais oui, l'idée me plaît bien. Et tu sais, les chevaliers Jedi ne sont pas tous célibataires...

Pourquoi j'ai dit ça ? Je suis malade ! Quel crétin !

Elle va me raccrocher au nez, c'est sûr. En fait, non. Ça l'amuse plutôt.

– *C'est lequel déjà, celui qui était amoureux d'une princesse ? Ils ont même eu deux enfants, des jumeaux. Tu connais tes classiques, j'espère ?*

Hugo rougit.

– Anakin Skywalker et la princesse Amidala, répond-il d'une voix blanche. Bon, Judith, faut que je te laisse. On se voit demain au collège.

– *OK. Et… Hugo ?*

– Oui.

– *Merci.*

Une fois la communication coupée, le Jedi jouvenceau reste pensif quelques secondes. Comme référence de sagesse et de tempérance, on peut trouver mieux que ce chevalier qui a basculé du côté obscur de la Force, jusqu'à devenir le terrible Dark Vador.

– Décidément, ça me poursuit, songe-t-il à voix haute.

***

Ce matin, Hugo a une idée assez précise de ses objectifs de la journée. Le premier, il l'aborde avant les cours, dans le grand hall du collège, devant le mur de casiers où se bousculent quelques collégiens pressés :

– Marion, je peux te parler ?

Près d'elle, légèrement en retrait comme souvent, se tient ce grand niais de Lukas. Chaque fois qu'il croise son regard, Hugo ne peut s'empêcher de penser que ce pauvre garçon, avec son QI d'huître, est complètement zombifié par la gorgone qui lui sert de petite amie.

– Si c'est cette pétasse de Judith qui t'envoie pour me menacer, non.

Le rictus aigri avec lequel elle a prononcé cette réplique acerbe lui déforme la figure qui, sans cela, serait plutôt agréable. *Comme dirait maître Cheng : « La noirceur de l'âme peut enlaidir le plus beau des visages »*, songe-t-il.

– Judith m'a au contraire demandé de ne pas intervenir. N'empêche, je trouve que ça a assez duré.

– Et puis d'abord, ça te regarde ?

– Oui et non. Judith et moi, on sort ensemble. Donc maintenant, chaque saloperie que vous lui ferez, toi et ton roquet, c'est à moi que vous la ferez. Et ce sera double tarif…

Marion éclate d'un rire aussi tonitruant que vulgaire et horripilant :

– On t'a pas dit que ça se fait pas de frapper une fille ? crache-t-elle.

Elle se crispe et esquisse un mouvement de recul alors qu'Hugo se rapproche pour lui glisser à l'oreille :

– Toi, je te casserai les dents de devant, et tu mangeras avec un dentier jusqu'à la fin de tes jours. Mais t'inquiète, je ferai en sorte qu'on croie à un accident.

Il se redresse, croise les bras et la toise avec un demi-sourire goguenard. Elle soutient son regard, esquisse un rictus de mépris, puis se détourne en ordonnant à son chien de la suivre. C'est alors que surgit Judith, qui passe devant Hugo sans lui adresser ne serait-ce qu'un coup d'œil. Elle saisit Marion par un bras pour l'obliger à se retourner et l'invective :

– Espèce de garce ! Tu as piraté mon compte Instagram. Cette fois, tu vas le payer. Je vais me plaindre à mes parents, et ils vont porter plainte.

– Oh là, la pétasse, on se calme ! J'ai rien fait, moi. (Puis se tournant vers son copain qui affiche un air embarrassé.) T'étais au courant ?

Il hausse les épaules.

– T'es prévenue, lance Judith.

Puis elle ajoute, à mi-voix :

– Si tu te voyais… T'es moche, t'es conne et tu te fringues comme les pouffes à racaille. Et t'iras te faire voir ailleurs, parce que je vais te faire expulser du collège pour harcèlement.

Sans attendre la réplique, et peut-être par crainte de recevoir une claque, la collégienne en colère fait volte-face, puis s'éloigne rapidement. Elle s'immobilise à la hauteur d'Hugo, planté de stupeur près des casiers, le temps de lâcher entre ses dents :

– Je t'avais demandé de te mêler de tes affaires. Je ne veux plus que tu m'adresses la parole. Plus jamais ! Tu m'effaces de ta mémoire. Tu regardes ailleurs quand on est obligés de se croiser. Compris ?

Il dénie de la tête et pense : *Dire que je viens de mentir pour protéger cette fille.* Pire encore, il a proféré des menaces de représailles d'une extrême gravité, qu'il n'a certes aucunement l'intention de mettre à exécution, mais que jamais un chevalier représentant le côté lumineux de la Force n'aurait prononcées. *Je me fais honte*, se dit-il encore, tout en éprouvant une sourde angoisse. Peut-être est-ce le début d'une prise de conscience que l'engrenage dans lequel il s'est fait happer et qui est en train de l'entraîner vers des profondeurs inconnues. Rémi le rejoint à cet instant :

– Alors, c'est quoi les nouvelles du jour ?

– Bof… La routine. J'ai menacé Marion de lui péter les dents et j'ai rompu avec Judith avant qu'on soit ensemble.

– Ah… désolé. Je t'avais déjà dit de te méfier de Marion. Si tu l'as vexée, elle va se venger, c'est sûr.

– Cette fois, je crois qu'elle a compris. Par contre, Judith, je ne suis pas sûr qu'elle me pardonne.

– Peut-être que si tu lui offres un bouquet de fleurs, avec un petit mot en forme de cœur, ça pourrait s'arranger ?

– Ah oui ? J'y penserai… Maintenant, j'ai quelqu'un d'autre à voir.

– Attends, dis-moi que je me trompe. Tu ne vas pas menacer Martinot de lui péter les dents à lui aussi ?

– Non, lui, je vais vraiment le faire. Mais pour l'instant, c'est quelqu'un d'autre que je veux voir… Tiens, justement, il est là-bas…

Rémi écarquille les yeux. Hugo lui adresse un sourire énigmatique, puis lui propose de l'accompagner.

12

Où il est question de maître et d'orgueil

Hugo n'en revient toujours pas de son audace.

En cette fin de journée, alors qu'il a presque terminé ses devoirs dans une humeur maussade, il s'interrompt pour repenser à ce matin.

Avant que les cours commencent, il se revoit marchant droit sur Verbinsky flanqué de deux de ses plus proches copains, pas plus recommandables que lui.

Il l'a abordé sans même le saluer :

– Verbinsky, j'ai un truc à te proposer.

– Honnête, j'espère ?

– Oui, mais pas sûr que ça te plaise.

– Ah ? Je flippe déjà.

– Je veux qu'ensemble, on neutralise Martinot et sa bande.

À cette annonce pour le moins inattendue, le leader des Tanneries lève un sourcil.

– Génial ! Et on fait ça comment ?

– L'équilibre de la terreur, ça te parle ?

Cette fois, ce sont les deux sourcils du collégien de troisième qui sont remontés sous sa mèche subtilement ondulante sur le front.

– Tu veux qu'on terrorise Martinot ? Comment ? On l'enlève, on le torture dans une cave, et on le libère à poil sur la place Centrale ?

– Mais non. C'est une expression qu'on utilisait au moment de la guerre froide entre les États-Unis et l'Union soviétique, au milieu du XXe siècle. Chaque camp menaçait l'autre d'une destruction totale avec son arsenal de bombes atomiques. Et comme ni l'un ni l'autre n'avait envie de finir en petits tas de cendres radioactives, il n'y a pas eu de Troisième Guerre mondiale. On n'étudie pas ça, en troisième ?

– Admettons que je comprenne. C'est quoi, le deal ?

– J'entre dans ta bande. Toi et moi, nous proposons des pourparlers aux Mariniers. S'ils sont d'accord, nous conclurons un accord de paix historique qui reposera sur un équilibre de la terreur. La bombe atomique, dans notre camp, ce sera moi. Pour les détails, on en reparlera à un autre moment. Tu es partant ou tu préfères continuer cette guerre de quartiers débile ?

Verbinsky a fait mine de réfléchir. Puis, laissant bien durer le suspense, il a fini par répondre :

– Hum… Je préfère… En fait, ça m'embête parce que j'aime bien ces petites bastons entre jeunes. Mais bon, peut-être que t'as raison. Il faudra bien que ça s'arrête un jour. Allez, OK, mec ! Ça marche pour moi.

Un check du poing. Accord conclu. Rémi, qui a assisté à ce bref échange sans prononcer un mot, met un certain temps à réagir. Il le fait en cours d'Anglais, en glissant à l'oreille de son voisin de table :

– Hugo, je ne voudrais pas te contrarier, mais je crois que tu viens de faire une belle connerie.

– Pourquoi ?

– Parce que… Je ne sais pas. Verbinsky, ce n'est pas le genre à respecter sa parole. Il te laissera tomber s'il y a le moindre risque que ça tourne mal.

– Je sais. T'inquiète. Je lui dirai que s'il me trahit, je lui péterai toutes les dents de devant.

Consterné, Rémi hoche la tête négativement. Le grand sachem de paix conclut :

– C'est ça, l'équilibre de la terreur.

***

Hugo est tiré de sa songerie par un bip émis par son ordinateur portable sur lequel il travaille. C'est l'application de conversation en *live* qui l'avertit de la réception d'un nouveau message.

– Maître Cheng ! s'exclame-t-il en découvrant le nom de l'importun qui le dérange en pleine méditation.

Cela devrait le réjouir. Il éprouve au contraire un pincement d'inquiétude au creux de l'estomac, car son mentor ne prend jamais l'initiative du contact. Même pour lui souhaiter un bon anniversaire !

> Bonjour, Hugo. Je viens prendre de tes nouvelles.

Le garçon tape aussitôt une réponse polie :

> Bonjour, maître. Quelle bonne surprise ! Ça va pour moi, merci. Et vous ? Pas de souci, au moins ?

> Un peu, je dois l'avouer.

> Mince ! Santé ?

> Mon padawan.

> Moi ?

> Il n'y en a qu'un qui me cause du souci.

> Il n'y a aucune raison, maître, je vous le jure.

> Où en es-tu de tes relations avec tes condisciples ?

Hugo reste figé un long moment, pris entre l'envie de minimiser, de cacher, de tout dire… ou de mentir. Maître Cheng doit être doté d'un don particulier qui lui permet de se connecter en direct à la cervelle de son ancien élève de taekwondo, car il lui écrit :

Si tu dois me raconter des banalités pour cacher la vérité, ou pire, me mentir, je préfère que tu ne répondes rien et que tu me souhaites une bonne soirée. Je ne t'en voudrai pas. Un jeune de ton âge a le droit d'avoir ses secrets. Il est même naturel qu'il en ait.

Merci, maître. Je n'ai aucun secret pour vous. Si vous me promettez de ne pas en parler à mes parents.

L'ai-je déjà fait depuis que nous nous connaissons ?

Non. C'est pourquoi j'ai une totale confiance en vous. Et c'est réciproque, n'est-ce pas ?

Donc, les nouvelles ?

Maître Cheng ne réagit pas sur la confiance, ce qui suffit pour toute réponse. C'est assez vexant, mais justifié, puisqu'il lui a déjà menti tout récemment – certes pour la seule et unique fois de sa vie, mais avec sa sensibilité quasi surnaturelle, ce sage a dû le sentir. Inutile d'insister. Il lui confie donc sa dernière trouvaille : « l'équilibre de la terreur ». La réaction est, comme il le redoutait, cinglante :

Pardonne-moi d'être un peu brutal, mais te crois-tu dans un jeu vidéo ? Tu sais pourtant que dans le monde réel, rien ne se passe comme on le voudrait ou comme on se l'imagine. Si tu te trompes dans un jeu vidéo, ta seule sanction est une déception, au pire une brève colère. Dans le vrai monde, l'erreur se paie cash, ainsi que je te l'ai maintes fois répété. Pourquoi cette évidence n'a-t-elle pas réussi à atteindre ta conscience ? As-tu une explication ?

Maître, qui vous dit que j'ai commis une erreur ? Rémi me l'a dit aussi, mais il a été incapable de m'expliquer pourquoi. Il a juste la trouille. Moi, je n'ai pas peur. Je maîtrise. Et puis, au pire du pire, qu'est-ce que je risque ?

Justement. Tu n'en as aucune idée. Parce que tu n'es pas un maître. D'ailleurs, même un maître ne saurait te répondre ; c'est pourquoi il ne s'engagerait pas dans une aventure aussi hasardeuse.

Pourtant, les maîtres savent prendre des risques.

Après une longue et profonde réflexion, et seulement lorsqu'ils n'ont trouvé aucune solution plus raisonnable. Ton erreur est de te prendre déjà pour un maître alors que tu ne maîtrises rien du tout, à commencer par ton orgueil. Ton ami Rémi est beaucoup plus proche du maître que toi.

Pourquoi me dire ça ? Pour m'humilier ?

Pourquoi me le demandes-tu ? N'est-ce pas évident ? Je te réponds quand même : parce que lui sait écouter ses peurs. T'humilier ? Seul l'orgueilleux peut l'être, parce qu'il ne supporte pas d'être contrarié, et parce qu'il ne veut entendre ni les vérités ni les mensonges, hors ceux qu'il se sert à lui-même. Bonsoir, Hugo. Nous avons beaucoup et bien discuté. J'en suis heureux. Reparlons-nous bientôt.

Merci, maître. Et sinon, comment allez-vous ?

Hugo soupire de déception en constatant qu'il n'aura pas de réponse. Maître Cheng a coupé la liaison.

13

Une journée de collège qui s'annonce pénible

La nuit porte conseil, selon le dicton populaire. Dans le cas d'Hugo, ce sera une nouvelle fois démontré. Maître Cheng a tapé juste hier en lui disant qu'il ne maîtrisait rien et s'était laissé piéger par son orgueil. Et en beauté ! Il aimerait bien laisser éclater sa colère une nouvelle fois, mais il sait qu'il ne le doit pas. La colère est la pire conseillère, tout autant que l'émotion, pour se forger des opinions. Il existe un terme pour décrire son état d'esprit : *dépité*. Dans le dico, le dépit est défini comme un mélange de colère et de chagrin. C'est exactement ce qu'il éprouve ce matin, après une nuit hantée par de mauvais rêves et perturbée par des ruminations mentales. Jusqu'à sa dernière discussion avec son mentor, il n'avait éprouvé que de la colère ; cette fois, le chagrin est de la partie.

Il émet un profond soupir en levant les yeux vers le plafond de sa chambre. Il est 7 h 30. S'il ne se secoue pas, il sera en retard au collège et aura gagné une raison supplémentaire de s'en vouloir. Il saute de son lit, puis file dans la salle de bains. Tout en se préparant, prêtant un soin particulier à sa coiffure « top tendance », il s'interroge en boucle : *Comment est-ce que je vais me sortir de ce piège ?* S'il se rétracte de son engagement à entrer dans la bande à Verbinsky, il entend déjà les réactions : « Quoi ? Tu nous lâches ? Traître ! Trouillard ! On va te pourrir ta réputation comme t'as pas idée… » Il en frémit d'avance.

Dans la cuisine, il avale son petit-déjeuner avec un air si préoccupé qu'il ne se rend même pas compte que ses parents l'observent avec attention, tentant de deviner la cause de cette attitude d'ado en pleine crise existentielle.

– Tout va comme tu veux, mon fils ? finit par s'enquérir son père.

Le garçon relève vivement le nez de sa tasse de chocolat.

– Hein ? Ouais. Pourquoi ça n'irait pas ?

– Je ne sais pas. Avec maman, nous avons ouï-dire que tu t'étais impliqué dans une histoire de rivalités entre bandes…

– Quoi ? C'est maître Cheng qui vous en a parlé !

Hugo a réagi avec tant de véhémence que ses parents en restent interloqués.

– Oh ! Doucement, Hugo ! se fâche son père. Aurais-tu oublié qu'on n'a pas besoin de crier dans cette maison pour se faire entendre ?

L'ado en crise se renfrogne. Et voici que sa mère monte au créneau, d'abord en le rassurant :

– Maître Cheng sait parfaitement garder vos petits secrets. Ce n'est pourtant pas faute de l'avoir interrogé. Du coup, je suis allée à la pêche aux infos auprès du CPE du collège.

Une onde de frissons parcourt l'épiderme du collégien.

– Et qu'est-ce qu'il vous a dit ?

– Plein de choses désagréables à entendre. Mais ce serait encore mieux si c'était toi qui nous en parlais, tu ne crois pas ?

Piégé ! Décidément, songe l'ado en crise existentielle, *c'est le jour.* Heureusement, se sortir de ce piège-là sera nettement plus facile :

– Bof, y a pas de quoi en faire une salade composée. Je regarde ça de loin. J'évite de me mêler de ce qui ne me regarde pas…

Exactement ce que je devrais faire, termine-t-il en pensée. Son père revient à la charge pour la conclusion :

– Tu sais, je comprends que tu ne veuilles pas te confesser à l'inquisition parentale. Mais nous aimerions quand même que tu nous tiennes au courant si jamais tu avais des ennuis. Notre rôle n'est pas de ramasser les pots cassés. C'est toujours plus intelligent d'intervenir avant qu'ils ne tombent. Est-ce que ça te paraît clair ou tu veux que j'entre dans le détail ?

– Non, p'pa, j'ai bien reçu le message. Cinq sur cinq. Bon, ben, c'est pas que je m'ennuie, mais je suis super à la bourre.

Hugo se lève puis, délaissant son petit-déjeuner à moitié consommé, s'empresse de disparaître, de peur que la séquence « confessionnal de famille » ne reprenne.

***

Comme prévu – et redouté –, c'est au collège que les choses sérieuses l'attendent. Point positif : le fidèle Bastiani est là pour le soutien psychologique.

Cela commence avec Verbinsky qui l'aborde dans un couloir bondé, juste avant le début des cours :

– Salut, mon frère ! C'est bon, le coup est arrangé avec Martinot. C'est pour samedi après-midi, sur leur territoire. Un conseil, mec : prévois le gilet pare-balles.

– Hein ? Non, je ne veux pas de ça ! Ce que je veux, c'est…

Éclat de rire du grand troisième.

– Cool, petit. Je rigole.

Le chef de bande s'éloigne, goguenard, puis ajoute en criant et sans même se retourner :

– Mets quand même un casque !

Rémi se rapproche de son copain pour lui glisser :

– Tu vas y aller ?

– Dans ces conditions, non. Mais je vais quand même voir avec Martinot comment Verbinsky lui a présenté mon idée.

À la récréation de 10 heures, il a sa réponse, avant même qu'il ouvre la bouche pour le questionner :

– Alors, comme ça, t'es passé à l'ennemi, lui crache Greg Martinot avec un rictus de mépris. Je te préviens, si tu mets même rien qu'un pied sur mon territoire, on te défonce ta race. Enregistré ?

Le garçon est installé avec la décontraction du caïd de cité sur un des bancs de pierre de la cour. Il est flanqué de ses acolytes habituels, dont Marion et Lukas assis à sa droite. Le cousin Jordan et deux autres garçons à la mine aussi sympathique se tiennent debout autour du chef de meute.

– Attends ! Je ne suis l'ennemi de personne, réfute Hugo. Je veux juste que nos quartiers retrouvent leur calme. Verbinsky ne t'a pas expliqué ?

– Si. Il m'a dit que tu voulais nous foutre la terreur. Sérieux, tu te vois vraiment nous terroriser ?

– Mais non, pas la terreur ! Enfin si, mais c'était une expression. J'ai pris l'image de l'équilibre de la terreur qu'on étudie en histoire à propos de la guerre froide, à la fin du XXe siècle. C'était pour lui faire comprendre comment on pouvait réussir à éviter une guerre de quartiers.

– Qui t'a dit qu'on voulait l'éviter ?

Hugo tique. Effectivement, il n'avait pas envisagé l'affaire sous cet angle :

– Ah ouais… Ça veut dire que pour toi, les sales coups, les bagarres de bandes, c'est un jeu ? Juste pour rire, comme dirait l'autre ?

– Tu piges vraiment rien, c'est fou. Comme je suis sympa, je t'explique : dans le monde, y a les forts et y a les faibles. Les dominants et les dominés. Donc, si c'est pas nous les forts, c'est eux. Ça faisait longtemps que c'était chaud entre les Tanneries et nous. Fallait bien que ça éclate. Tu dis que tu veux rester en dehors ? OK, ça peut le faire. Mais que tu passes à l'ennemi alors que t'habites dans notre quartier, ça, ça va se payer. Tu as choisi ton camp, mon vieux. Faut assumer.

Rémi s'enhardit à intervenir :

– Ce que tu disais, sur les dominants et les dominés, ça me rappelle quelque chose. En SVT, on a en a parlé ; c'est une loi naturelle. Chez les loups, il y a le mâle et la femelle alpha ; dans la jungle, c'est pareil, et même dans l'aquarium de ma sœur. Donc, ce que tu es en train de nous dire, c'est que toi et Verbinsky, vous êtes des animaux et pas des êtres humains, on est bien d'accord ? Vous êtes une meute de chacals contre un troupeau de hyènes, ou le contraire. Et comme dans la savane ou l'aquarium de ma sœur, vous vous battez pour savoir qui va bouffer l'autre. Hugo, lui, il vous propose de vivre dans un monde de gens civilisés. Ça te parle ou tu es vraiment une bête ?

Greg dévisage Rémi, déconcerté par cette audace inattendue de la part d'un garçon aussi transparent. Dans sa tête, les mots et les idées doivent s'entrechoquer à toute vitesse, mais sans parvenir à s'entendre pour formuler une réplique à la hauteur. Si bien qu'il opte pour la stratégie de l'évitement :

– Cassez-vous ! Vous nous faites de l'ombre. On réglera ça samedi, si vous avez le courage de venir.

– On l'aura, assure Hugo, tout en se rendant simultanément compte que c'est la partie obscure de sa Force, celle de l'orgueilleux chevalier Sith, qui vient de s'exprimer… parce que piquée au vif.

Après s'être éloigné avec son ami, il s'immobilise pour demander :

– Rémi, c'est vraiment toi qui as sorti cette tirade ?

– Non, c'est mon double chevalier Jedi. (Le grand dégingandé ébouriffé le gratifie d'une œillade complice, puis termine.) Désormais, mon pote, il faudra m'appeler Obi-Wan Kenobi.

***

Histoire d'achever en beauté cette journée peu réjouissante, Hugo tente une approche de réconciliation vers Judith. Pour cela, il attend la sortie de 17 heures. Sur le trajet qui mène vers la sortie du collège, il emboîte le pas à la jeune fille, qui finit par le sentir dans son dos. Elle fait volte-face pour lui demander :

– Qu'est-ce que tu veux ? Fiche-moi la paix.

– Justement, je veux faire la paix. C'est si grave ce que je t'ai fait ?

Elle baisse le nez, et, dans un soupir, révèle toute l'ampleur de sa détresse :

– Non. Mais c'est compliqué en ce moment, et je n'ai pas envie que ça aille plus mal.

– Tu sais que tu peux compter sur moi si jamais… si les autres… enfin, si quelqu'un voulait te faire du mal ?

– Oui, merci. Mais ça va peut-être s'arranger.

– Avec Marion ?

Il n'est pas utile que Judith confirme, puisqu'il est évident que c'est à la fille de l'ex-Trio infernal qu'elle pense. Hugo aimerait bien obtenir un peu plus de confidences, mais elle lui ravit la parole pour le rassurer :

– On en parlera, promis. Une autre fois. Ma mère m'attend.

Elle lui pose une bise furtive, mais d'une douceur infinie, sur la joue gauche, puis s'envole. Rémi donne une tape amicale sur l'épaule de son ami étourdi d'émotion. *Finalement*, songe celui-ci, *tout bien considéré, cette journée ne s'est pas si mal passée.*

14

En route pour l'expédition de paix

Ce samedi en début d'après-midi, Rémi et Hugo se retrouvent chez ce dernier pour visionner un film en VOD, malgré le beau temps qui incite plutôt à une activité de plein air. Les parents étant absents, c'est une occasion rare à ne pas rater. Et puis, ils ont l'espoir que Judith et Morgane viendront se joindre à eux. L'invitation a été lancée par SMS. La première n'a pas répondu, tandis que la seconde a simplement accusé réception avec une émoticône pouvant signifier « peut-être bien que oui, peut-être bien que non ».

C'est donc un peu excités et légèrement anxieux qu'ils s'installent devant le grand écran du téléviseur, dans le confortable canapé de cuir chamois du salon. À portée de main, sur la table basse, ils disposent des cocktails de jus de fruits bio sans sucre ajouté, un assortiment de chips de légumes, pop-corn à volonté et autres bricoles à grignoter.

Le choix du jour est un film de science-fiction dans la série des *Star Trek*.

– C'est parti ! lance Hugo, tout en jetant une nouvelle fois un œil à son smartphone.

– En route vers l'infini et au-delà ! clame son copain en levant le poing gauche, tandis que de sa main droite, il vérifie lui aussi une ultime fois si, par bonheur, Morgane ne lui aurait pas envoyé le petit mot tant attendu : « On arrive ! »

Hélas, rien !

Le générique défile… L'USS Enterprise, le vaisseau amiral de la Fédération des planètes unies apparaît, voguant dans un silence absolu vers sa prochaine mission astronomiquement périlleuse… « Ding dong ! » Les garçons sursautent. Rémi manque de se crépir la devanture de jus de pamplemousse rose, noix de coco, banane-fraise. Les deux garçons se regardent.

– Tu vois ce que je te disais, déclare Rémi. Elles ne

pouvaient pas résister à l'invitation de deux chevaliers Jedi, beaux, forts, sages et… célibataires.

Ils échangent un sourire, puis un check de victoire, avant qu'Hugo ne file dans le vestibule. Rayonnant, il ouvre la porte d'entrée… Mais là, stupeur et consternation, déception et mécontentement.

– Verbinsky ? Qu'est-ce que tu fous là ?

Le chef du clan des Tanneries, en sweat noir, dont la capuche est relevée, affiche son étonnement :

– Ben… je viens te chercher. On a un rendez-vous je te rappelle, sur le parking du gymnase Coubertin.

– Mais non ! J'avais dit que si je décidais d'y aller, je vous y retrouverais. Et il se trouve que je souhaite rester chez moi…

– Salut Bastiani ! l'interrompt l'importun à l'apparition de Rémi dans l'entrée. Tu viens aussi ?

– Où ça ?

– C'est le grand jour. On va jouer à l'équilibre de la terreur chez les Mariniers.

– Génial ! Mais désolé, on a d'autres projets, annonce Hugo.

– On est en train de regarder un film de science-fiction, lâche Rémi sans réfléchir.

La figure de Verbinsky se crispe.

– Lancelot, tu ne vas pas te défiler, j'espère ? C'est toi qui l'as voulue, cette opération commando. Alors, t'as pas le choix. Tu dois en être.

– J'ai changé d'avis, je préfère rester en dehors de vos embrouilles.

– Non, non. C'est ça ou on s'invite chez toi. Et on appellera Martinot pour qu'il vienne se faire un film de science-fiction avec nous. Ça mettra de l'ambiance chez toi, hein ? On pourra même jouer à se battre à coups de sabre laser…

Joignant le geste à la parole, le grand brun à la démarche chaloupée franchit le seuil. Hugo l'intercepte dans le vestibule en se plantant devant lui.

– Tes parents ne sont pas là, je parie ? fait Verbinsky en jetant un regard indiscret vers le salon, où le vaisseau spatial l'*Enterprise* est figé sur l'écran du téléviseur. Apparemment, non. C'est OK, les copains, Lancelot nous invite à sa séance ciné !

Aussitôt le reste de la bande s'introduit dans la maison. Ils sont sept, tout de noir vêtus, tels des *black blocs*. Vaincu, Hugo doit se résigner :

– C'est bon, j'ai compris. Je vais venir. Mais je te préviens, Verbinsky, ne compte pas sur moi pour prendre part à une bagarre. On y va pour discuter, et seulement ça. Et c'est moi qui parlerai.

– Pas de problème. Ça va être une éclate de ouf ! Tu viens aussi, Bastiani ?

– Euh… comme dirait mon grand-père, un grand chef sioux, mieux vaut s'affronter sur un terrain de foot que sur le parking derrière les tribunes. Vous pourriez peut-être repousser ça à samedi. On organiscrait…

– Non, le coupe Hugo. Il va rester là. D'accord, Rémi ?

– Pour garder la maison ? Et j'aboie si quelqu'un vient ?

Sentant que la situation est bien partie pour lui échapper, Hugo soupire de découragement :

– Mais non, je veux juste que tu puisses être là pour accueillir les filles si elles arrivent. Je ne serai pas long. S'il te plaît… C'est déjà assez compliqué comme ça.

Rémi a bien capté que son copain veut lui éviter d'éventuels ennuis, voire de se prendre quelques baffes perdues si cela devait mal tourner. Il lui en serait même presque reconnaissant. Cependant, il hésite… quelques secondes, puis prend une décision :

– Comme j'ai le sens de la loyauté Jedi, je ne vais pas laisser tomber mon frère Lancelot. Donc, je ne t'obéirai pas, Hugo, et te suivrai dans cette folle aventure.

Le frère en question devrait être touché par cette marque d'amitié ; elle ne fait qu'accroître son désarroi.

***

Pour cette expédition en territoire ennemi, la bande des Tanneries compte donc neuf membres, âgés de quatorze à dix-sept ans, montés par deux sur des scooters. Hugo et Rémi suivent en VTT.

Les malheureux doivent pédaler comme des furieux pour ne pas être distancés. Arrivés en vue du gymnase Coubertin, situé en bordure de la petite cité où vivent Martinot et une bonne partie de sa meute, Verbinsky ordonne un arrêt à la troupe.

– On fait comme on a dit, rappelle-t-il. Vous quatre, vous passerez par la droite, et nous, par la gauche. Lancelot et Bastiani, vous me collez.

Les deux amis se regardent, inquiets.

– C'est quoi ton plan ? demande Hugo.

– Mon plan ? Déjà, faut voir s'ils sont là ? Ensuite... C'est toi le négociateur en chef. Tu t'avanceras, mains en l'air en signe de paix, comme dans les films. Tu veux que je te prête un Kleenex pour faire le drapeau blanc ?

– Hugo, on ferait mieux de se tirer, intervient Rémi. Il se fiche de toi, je ne crois pas qu'il soit venu pour faire la causette.

– Toi, tu commences à me faire chier, s'énerve Verbinsky. Va-t'en si t'as la trouille.

– Ça va. Commence pas à t'énerver ; on fait comme ça, annonce Hugo, à l'évidence très mal à l'aise.

C'est moi qui vais parler. Mais je te préviens, Verbinsky, si tu les provoques, je laisse tomber et je rentre chez moi. Je ne suis pas venu pour la baston.

– Hé, moi non plus ! Je ne m'appelle pas Martinot.

Hugo le dévisage. Ce jeune fauve lui paraît aussi fiable et franc qu'un pirate des Caraïbes. Néanmoins, il croit pouvoir encore éviter que la rencontre ne dégénère en coups et blessures. Il n'a cependant aucune idée de ce qu'il va pouvoir servir comme argument aux Mariniers pour leur faire accepter une paix, fût-elle armée. Ce qui l'inquiète plus encore, c'est qu'il se demande si, dans cette affaire, il n'est pas le petit bout de fromage piqué sur la tapette à souris…

Sans ajouter un mot, il repart et prend la tête de l'expédition, debout sur les pédales. Il a hâte d'en finir et se surprend à songer qu'il n'aspire plus qu'à une chose : que ses parents l'emmènent à l'autre bout du monde.

15

La confrontation armée

La bande des Mariniers a effectivement répondu à la proposition de rencontre avec l'ennemi des Tanneries. Ils sont une dizaine, en scooters ou en VTT, certains rivalisant d'audace dans un rodéo pétaradant, entre les quelques automobiles garées sur le parking du gymnase. Celui qui attire davantage l'attention d'Hugo, c'est Greg Martinot, qui contemple avec un petit air de contentement les exploits de ses camarades. Lui-même est assis en cador décontracté sur son scooter noir, posé sur sa béquille. À l'apparition de Verbinsky et de seulement trois de ses acolytes, outre le traître Lancelot et son alter ego Bastiani, il affiche l'étonnement.

– Hé ! Salut, Alexis ! Je croyais que tu viendrais

en force, lui lance-t-il avec un grand geste d'appel du bras droit. Bienvenue chez moi !

Fixant Hugo, il se rembrunit pour ajouter :

– T'as emmené ton nouveau garde du corps ?

Verbinsky s'immobilise sans couper le moteur de son scooter. Sur la même ligne, ses compagnons font de même, tous affectant comme lui un regard bas et farouche, rendu encore plus menaçant par l'ombre de leur capuche. Le jeune homme jette un regard vers Hugo, grimace une moue, puis réplique :

– J'ai jamais eu besoin de garde du corps.

– Ah, OK. C'est ton caniche, alors ?

Hugo acquiert à cet instant la certitude que les deux bandes ont autant envie de trouver un terrain d'entente que deux meutes de hyènes arrivées en même temps sur une charogne appétissante. Il se tourne vers Rémi pour lui proposer de rentrer, quand soudain, le chef des Tanneries s'écrie :

– À l'attaaaaque !

Dans l'instant, lui et ses trois comparses tirent de sous leur sweat-shirt des bâtons courts, noirs et luisants, jaune citron à un bout. Hugo n'en comprend pas l'usage, car ce ne sont pas des matraques. C'est son copain qui lui donne la clé de l'énigme :

– Des mortiers ! Vous avez emporté des mortiers de feu d'artifice ! s'exclame-t-il.

Puis, s'adressant à son copain :

– Faut se tirer de là. Vite !

De l'autre côté du parking, ceux de la bande des Tanneries qui ont contourné la grande bâtisse du gymnase surgissent en poussant à fond le moteur de leurs scooters et foncent sur leurs adversaires les plus proches. Martinot hurle ses ordres, alors qu'un premier feu d'artifice fuse vers lui, manquant d'un cheveu de lui griller la mèche. Les tirs se multiplient sans atteindre leur cible… volontairement, veut croire Hugo qui assiste abasourdi à ce spectacle consternant. Il lui reste tout de même assez de réflexion pour comprendre qu'il s'est, une fois encore, fait piéger comme un imbécile. Il a également conscience qu'il devrait déguerpir, mais c'est la première fois de sa vie qu'il assiste à une bataille rangée entre bandes rivales, et cela le fascine, au grand dam du sage Rémi, qui crie, l'attrape par le coude pour l'obliger à le suivre…

– Oui, c'est bon, j'arrive ! s'énerve Hugo.

Une violente collision frontale se produit alors entre deux attelages motorisés qui chutent lourdement sur le bitume. Sitôt relevés, les belligérants se jettent les uns sur les autres. Une main brandit une matraque télescopique, tandis qu'une autre lève un marteau menaçant. C'est alors qu'Hugo remarque une absence, qui aurait pourtant dû le frapper sur-le-champ.

– Marion et son copain ne sont pas là, fait-il remarquer à son camarade.

– Oui, eh bien, on s'en fout. Tu viens, ou je repars sans toi ?

– Non, c'est bon, j'en ai assez vu. Je préfère *Star Trek*.

Soulagé, Rémi remonte en selle. Il lui faudra quand même ronger son frein quelques secondes supplémentaires, car le spectacle a pris une nouvelle tournure sur le parking, avec l'arrivée d'une voiture de police qui provoque une débandade généralisée…

***

De retour devant le téléviseur dans le salon familial des Lancelot, les deux amis sont assis chacun à un bout du canapé, les bras croisés, la mine renfrognée. Aucun n'a envie de faire de commentaires. Chacun pourtant pense la même chose, qui peut se résumer en une certitude : ça va mal finir.

– On reprend le film ? demande Hugo dans un soupir.

– Bien sûr. Mais peut-être qu'on devrait essayer de rappeler les filles avant.

En guise de réponse, Hugo s'empare de son mobile sur lequel il tape un SMS qu'il envoie à Judith. Rémi appelle l'autre copine et, ô surprise, elle décroche :

– Salut, Morgane. Ça va ?... (Froncement de sourcils.) Non. Justement, Hugo vient de lui envoyer un SMS pour savoir si... Ben ouais, ce serait super si vous étiez libres. Et si ça vous dit de voir le film avec nous, bien sûr... En plus, on a plein de trucs sympas à grignoter : des chips de légumes, des cocktails

Hawaï sans alcool, un seau de pop-corn… Non, elle n'a pas répondu. Pourquoi ? T'es inquiète ? Vous deviez vous retrouver cet aprèm, c'est ça ?… Non, il n'y a pas de raison. Elle a sûrement oublié son smartphone chez elle, ou il est déchargé. Tu nous appelles quand t'as des nouvelles, d'accord ? Et puis, si tu veux venir quand même… (Moue de déception.) OK, je comprends. À lundi, alors. Interro de maths, n'oublie pas. Salut !

Rémi échange un regard avec son copain inquiet.

– Il y a un problème ? demande Hugo.

– Je crois qu'elles n'ont juste pas envie de voir *Star Trek*. Ou de nous voir nous.

– Tu aurais dû dire à Morgane qu'on pouvait louer autre chose… Un documentaire sur la reproduction des vers de terre, par exemple.

Échange de sourires. Et c'est reparti vers l'infini et au-delà !

16

Bizarre, bizarre

En toute fin d'après-midi, une fois son copain parti, Hugo s'enferme dans sa chambre. Il marche de long en large, se mordillant nerveusement les doigts. Doit-il contacter son mentor pour lui raconter ce qu'il s'est passé cet après-midi ? S'il en espère un conseil, la réponse est oui, mais ce qu'il craint est plutôt de recevoir une remontrance façon maître Cheng : « Que se serait-il passé si tu étais resté chez toi à t'évader dans l'espace infini de l'aventure avec ton ami ? » La réponse qu'il formulerait serait : « J'aurais été obligé de mettre Verbinsky à la porte. » Il aurait fallu cogner un peu, mais l'importun aurait fini par renoncer.

– En tout cas, ça aurait été plus intelligent que de le suivre, conclut-il à voix haute.

L'honnêteté l'oblige à admettre qu'il était quelque peu titillé par l'envie de savoir comment allait se passer la confrontation. Une faiblesse qui lui vaut maintenant de cuisants regrets et la crainte que l'affaire n'en reste pas là. Car il n'est pas nécessaire d'être Madame Irma pour deviner que Martinot lui aura attribué la responsabilité de l'attaque et qu'il voudra se venger. Si c'est sur lui et seulement sur lui que ça tombe, ça ne sera pas grave, mais il craint que cette vermine de quartier s'en prenne à Rémi…

– S'il fait ça, je jure sur ma vie que je lui démolis le portrait, et pour de bon cette fois.

Bouillonnant de colère, il s'assied à sa table de travail et remet en fonction son ordinateur portable – non pas pour entrer en contact avec maître Cheng, mais pour démolir du zombie dans un jeu en ligne. Finalement, il envoie une demande de communication…

***

Un peu avant 19 h 30, il reçoit un SMS qui, sur le coup, le réjouit, mais à la réflexion, le met plutôt dans l'embarras :

> **Hugo, tu peux venir au canal, sous la passerelle de Fer, côté stade ? Ça urge. Je t'attends. Fais vite, s'te plaît !!!!**
> **Judith**

« Hugo, tu peux venir au canal, sous la passerelle de Fer, côté stade ? Ça urge. Je t'attends. Fais vite, s'te plaît !!!! Judith »

Pourquoi est-ce qu'elle ne lui téléphone pas, tout simplement ? s'interroge-t-il. Cela ne s'explique que si elle a un truc super intime à lui confier, du genre : « Je suis tombée raide dingue amoureuse de toi, mais je ne sais pas comment te le dire. » Il est certain que se parler les yeux dans les yeux, dans la douceur du soir et le cœur en émoi... c'est mieux !

Son rythme cardiaque s'accélère. Il consulte l'heure à sa montre. Ça va être chaud avant le dîner, et il se voit mal annoncer à ses parents qu'ils doivent commencer sans lui, parce qu'il a un rencard avec une fille au crépuscule. Comme ce sont des parents géniaux, ils pourraient se montrer compréhensifs… En fait, non. Passées les 19 heures, ils ne le laisseront jamais partir en vadrouille sans une raison sérieuse. De surcroît, la passerelle de Fer est presque à la sortie de la ville… Et si c'était un guet-apens ? Impossible ! Il faudrait que Martinot ait réussi à voler le smartphone de Judith. C'est donc qu'elle a vraiment des soucis et qu'elle compte sur sa protection, puisqu'il l'a promis. Et comme il ne serait pas digne d'un chevalier Jedi de rester sourd à un appel de détresse, sous prétexte qu'il va être l'heure de dîner, la bonne décision s'impose :

– J'y vais !

Tant pis pour les conséquences. Entre sa chambre et le salon où sa mère lit dans le canapé, il trouve l'explication idéale :

– Maman, j'ai oublié mon sac de sport dans un vestiaire du gymnase. Il faut que j'y retourne avant que ça ferme. Je serai revenu dans…

– Hum… je vois. Et tu veux que je t'y emmène en voiture ?

Le rose monte aux joues du menteur.

– Hein ? Oh non, parce que… En fait, je l'ai peut-être plutôt oublié sur le talus du canal. J'y étais tout à l'heure avec… (déglutition) avec mon copain Bastiani et… (nouvelle déglutition).

Mme Lancelot considère son fils unique par-dessus ses lunettes à monture rose.

– Ah oui ? Tiens donc. (Elle consulte sa montre.) Tu as vingt-deux minutes et trente secondes pour être de retour. Après cela, j'appelle la police pour signaler un rapt d'adolescent par une amoureuse éperdue.

Espérer tromper l'instinct d'une mère est aussi vain que de vouloir échapper au flair d'un éléphant. Il glapit un « Merci m'man », puis disparaît plus vite que Buzz l'Éclair.

***

Après avoir battu des records de vitesse et de prise de risque en grillant pas moins de cinq feux rouges, l'adolescent dévale enfin le talus herbeux qui borde le canal, près de la passerelle de Fer, où Judith est supposée l'attendre. À première vue, elle n'est pas là. Mais comme la nuit est en train de tomber et que l'obscurité est déjà presque complète sous le pont métallique, à cause de son étroitesse, l'espoir demeure. Il dépose son vélo pour parcourir à pied les derniers mètres qui le séparent du lieu présumé du rendez-vous.

– Judith ? Judith ? Hé oh ! C'est moi. T'es là ?

Pas de réponse, hormis celle des grillons, difficile à interpréter.

Bien vite, il doit se rendre à l'évidence : il a menti à sa mère et failli se manger plusieurs voitures pour rien. Il se mettrait bien en colère, si son intuition ne lui susurrait pas qu'il y a quand même quelque chose d'intrigant dans cette histoire. Son cœur, qui déjà était en surrégime en raison de l'effort fourni pour voler jusqu'ici, monte encore en pression. Le garçon jette des regards méfiants autour de lui, puis vers le pont.

Il scrute aussi loin que peut porter son regard le chemin de halage, de l'autre côté de la bande d'eau noire miroitante du canal. Si Greg Martinot a vraiment prévu de lui coller la dérouillée du siècle, il aurait déjà dû surgir.

Perplexe au plus haut point, Hugo se décide à tenter de joindre la fille sur son mobile… Il tique. Une mélodie s'élève quelque part à proximité. C'est un mobile qui joue le thème d'une chanson connue, dont il n'a cependant pas le nom en tête. Par contre, il se souvient parfaitement l'avoir déjà entendue quand Judith recevait un appel. Il se déplace le long du canal et ne tarde pas à localiser l'origine du son. À l'aide de la torche de son téléphone, il déniche dans les herbes du talus celui de Judith, identifiable aux strass brillants qui ornent sa coque de protection blanche.

– Qu'est-ce que ça veut dire ?

Il prend une profonde inspiration. Désormais, il n'est plus simplement intrigué ou inquiet ; il est effrayé. De toute façon, il est inutile qu'il s'attarde ici, d'autant que les vingt-deux minutes sont déjà presque écoulées depuis son départ de la maison. Il glisse le smartphone de Judith dans son sac à dos, puis s'empresse de rejoindre son VTT. Une ultime exploration visuelle et il s'en va, cette fois à allure raisonnable.

De retour à la maison, il n'a pas droit à des remontrances pour son retard, mais son anxiété n'échappe pas à sa mère, qui risque une question :

– Ça va ? Ton rendez-vous avec ton sac de sport s'est bien passé ?

Mais elle n'obtient qu'un vague grommellement. Traduction : l'expédition crépusculaire n'a pas donné le résultat escompté. Elle n'insiste pas.

Une fois dans sa chambre, Hugo commence par réactiver son ordinateur. Maître Cheng n'a pas accusé réception de sa demande de contact. Il tente alors d'appeler Rémi… En vain, son téléphone est sur répondeur. Et voici que depuis la cuisine, son père lance l'appel à « la polka des mandibules » ! Quelle journée ! Vivement demain. Et comme ce sera dimanche, il sent que le temps va lui paraître long, long… peut-être même que ce sera le jour le plus long de sa vie d'ado.

17

Le jour le plus long, et surtout... le pire

La matinée s'écoule comme prévu, dans une langueur monotone. Ce ne sont pourtant pas les possibilités d'occupations qui manquent pour un adolescent curieux de tout, passionné par mille choses et qu'un rien distrait. Sauf que ce matin, sa tête est tout entière emplie d'une seule pensée : Judith. Que s'est-il donc passé, hier soir ? Il tenterait bien d'appeler chez elle, s'il connaissait le numéro du téléphone fixe de sa famille. Il pourrait aussi s'y rendre, ce n'est pas si loin, mais il hésite, et se demande d'ailleurs bien pourquoi. Il essaie d'analyser l'appréhension qui lui noue l'estomac depuis le réveil. Cela ressemble à du trac, mais c'est plus sûrement de l'angoisse. Rémi est, comme un fait exprès, toujours injoignable. Quant à maître Cheng, il n'a même pas daigné répondre. Là encore, ce n'est pas habituel. Et puis, le silence qui règne dans la maison lui paraît tout à fait singulier. Pourtant, il sait que le dimanche est le jour de la semaine où la grasse matinée est comme un devoir sacré. Il a entendu ses parents se lever tardivement, puis s'enfermer chacun dans son bureau. Depuis, c'est le calme plat.

Vers 11 heures, son père annonce d'une voix forte qu'il sort faire une course. À peine une demi-minute plus tard, il fait irruption dans le vestibule en criant :

– Chérie, il faut que tu voies ça ! Hugo, viens aussi !

Le cœur du garçon se serre comme une éponge. Il retrouve sa mère dans l'entrée, la figure décomposée d'inquiétude, comme lui. Ensemble, ils sortent rejoindre M. Lancelot planté sur l'allée de gravillons, poings sur les hanches. Les traits crispés de colère, il considère la maison. Et pour cause ! Son épouse pousse un cri, et son fils se fige de stupéfaction en découvrant le spectacle. La façade est taguée sur toute sa largeur d'injures vulgaires et de menaces :

« Ici, habite un traître. On va te niquer ta race. Pourriture. Crevure. » *Les vandales auraient pu consulter un dictionnaire avant de commettre leur forfait*, songe l'adolescent.

– Hugo, tu n'aurais pas une petite idée sur l'identité de ceux qui ont fait ça ? s'enquiert son père.

– C'est Martinot et sa bande. Tu vas porter plainte ?

– À ton avis ?

– Mais comment est-ce qu'on va le prouver ? s'inquiète Mme Lancelot.

– Je me charge de ça, gronde Hugo, poings serrés, se voyant déjà passer Greg Martinot à la question, avec une cruauté digne des meilleurs bourreaux du Moyen Âge.

– Ah, sûrement pas ! s'exclame son père. Je t'interdis de te mêler de cette affaire. Tu vas retourner dans ta chambre et tu vas y rester, jusqu'à ce que ta mère ou moi te donnions l'autorisation d'en sortir. Tu as bien compris, Hugo ?

– Papa, si c'est de ma faute…

– Je n'ai pas demandé d'explications, juste de

nous obéir. Inutile de te dire que je ne suis pas d'humeur à négocier.

L'adolescent tente du regard d'obtenir un soutien de la part de sa mère, mais ce qu'il récolte est une expression d'autorité comme il en a rarement vu sur ce visage d'un naturel si doux. Sauf à perdre, et pour longtemps, la confiance de ses parents, il sait qu'il n'a pas le choix. Il doit retourner dans sa chambre et accepter d'y ronger son frein pour une durée indéterminée.

***

Un peu plus tard, il parvient enfin à joindre Rémi sur son mobile. La conversation ne durera pas très longtemps, puisqu'il raccroche au nez de son copain. La faute de celui-ci ? Avoir eu l'audace de lui répliquer qu'il récoltait là le fruit de son irresponsabilité. Le pire, c'est qu'il a bien sûr raison. Maître Cheng formulerait sans doute les choses autrement, mais le fond du message serait le même : « C'est de ta faute, mon petit. Tu connais le dicton : qui s'y frotte s'y pique. Dans ton cas, tu t'es frotté au diable et tu t'étonnes que les brûlures en soient cuisantes. » Sa mère vient brièvement l'informer que son père portera plainte demain à la première heure, et qu'il est parti chez Papy et Mamy Lancelot pour les informer de l'incident.

Peu avant midi, le carillon de l'entrée retentit, le tirant brutalement de ses ruminations mentales qui l'empêchaient d'entreprendre la moindre activité. *Ça doit être Rémi*, croit-il. Tant mieux, comme cela, il n'aura pas à attendre demain de le retrouver au collège pour s'excuser.

– Hugo, tu peux venir au salon, s'il te plaît ? l'appelle sa mère.

– J'arrive !

Il saute de son lit sur lequel il était assis, prend une profonde inspiration, puis tente de se redonner un peu de dignité en songeant qu'un chevalier Jedi ne se laisse pas abattre si facilement par les épreuves. Dans le salon, il a la surprise de découvrir non pas son copain, mais deux hommes dont il devine la fonction.

– Hugo, ces messieurs sont de la police, annonce Mme Lancelot.

– Capitaine Antoine Ronet, se présente le plus âgé, la trentaine à peine. Et voici le lieutenant Morlay.

Leur tenue civile est des plus passe-partout, comme leur physique, complètement ordinaire. Cependant, leur regard incisif et défiant frappe l'adolescent. On croirait qu'ils fixent un dangereux criminel. En tout cas, ils sont tendus, comme s'ils redoutaient que cet ado de quatorze ans, pourtant bien propre sur lui, d'à peine 50 kilos et de 1,70 mètre, pouvait tout à coup leur sauter à la gorge.

– Vous venez pour la façade ? s'enquiert l'adolescent.

– Non. Il faudrait que vous nous suiviez au commissariat, répond le capitaine.

Les épaules d'Hugo s'affaissent.

– Je vois. C'est à cause de la rixe sur le parking du gymnase. C'est vrai, j'y étais. Mais je n'y ai pas participé. Je vous jure que…

– Je peux vous demander où vous étiez hier soir, vers 19 h 30 ? le coupe l'officier de police.

Hugo blêmit. Son sang se glace dans ses veines.

– Eh bien, Hugo, réponds ! le presse sa mère.

– Oui, je… canal.

L'émotion lui a coupé tous ses moyens, au point qu'il ne parvient pas à formuler une phrase complète. Les larmes affluent à ses yeux et se déversent sans qu'il ne puisse rien faire pour les retenir.

– Hugo, mon Dieu, mais qu'est-ce que ça veut dire ? Qu'est-ce que tu as fait ?

– Rien ! J'ai rien fait, maman. Je te le jure. Y avait personne. J'ai vu personne à la passerelle de Fer !

Il regarde avec effroi le jeune lieutenant s'avancer vers lui, tout en tirant de sa ceinture une paire de menottes luisantes. Tandis que l'autre policier débite la formule légale lors d'une arrestation, l'adolescent se retrouve menotté, mains dans le dos :

– Hugo Lancelot, vous êtes soupçonné d'être impliqué dans le meurtre de Judith Gautier. Vous avez le droit de garder le silence. Toute déclaration que vous ferez pourra être retenue contre vous. Vous avez aussi le droit de communiquer avec un avocat…

Hugo entre dans un tel état de sidération qu'il se laisse emmener sans prononcer un mot. Le tourbillon émotionnel qui lui ravage la conscience est d'une telle violence qu'il perd la notion du temps et sa perception du réel. Si bien que lorsqu'on lui enlève les menottes, il paraît sortir tout d'un coup d'un cauchemar. Il jette des regards apeurés autour de lui. On l'a assis sur une chaise derrière une table de bois.

– Veux-tu quelque chose à boire ? lui demande le capitaine qui l'a interpellé.

Il secoue négativement la tête, puis demande :

– Judith est morte ?

Installé sur une chaise en face de lui, l'officier de police reste immobile et silencieux un long moment. Puis enfin, il quitte son attitude de fausse placidité pour prendre un air affligé.

– Qu'est-ce qu'il s'est passé le long du canal ? Est-ce que tu veux bien tout me dire, ou préfères-tu attendre d'être assisté d'un avocat ?

– Non, je peux tout vous raconter, monsieur. Je n'ai rien à me reprocher. C'est tout simple, j'ai reçu un SMS de Judith qui me demandait de la retrouver sous la passerelle de Fer. Vous pouvez vérifier dans mon téléphone…

– On va le faire. Et donc, tu t'y es rendu ?

– Oui. Ça avait l'air urgent. J'ai cru… Enfin, elle n'était pas sous la passerelle ni autour. Avant de repartir, j'ai essayé de l'appeler sur son smartphone, et c'est comme ça que je l'ai entendu sonner tout près de moi. Il était dans l'herbe du talus. Je l'ai mis dans mon sac à dos, pour le lui rendre. Je ne l'ai pas volé !

D'un simple mouvement de tête, le policier ordonne à son collègue de partir chercher cette pièce à conviction. Au grand étonnement du garçon, moins de deux minutes plus tard, le jeune policier revient, apportant dans un sachet transparent le mobile de Judith. Il ne s'attendait pas à ce que la police ait déjà fouillé ses affaires.

– Pourquoi est-ce que tu n'as pas appelé la police ? l'interroge le capitaine. Tu as bien dû te rendre compte qu'il s'était passé quelque chose de grave. Peut-être même as-tu pensé que Judith avait subi une agression…

Une bouffée de panique saisit l'adolescent. Les joues en feu, la bouche sèche, il bredouille sa défense :

– Oui ! Non… C'est parce que… En fait, j'ai cru que c'était un guet-apens de la bande à Martinot. À cause de ce qui s'était passé l'après-midi derrière le gymnase. J'ai eu peur et je me suis dépêché de rentrer. Comment est-ce que je pouvais imaginer qu'il était arrivé un truc grave à Judith ? J'ai juste pensé que… Je ne sais plus, qu'elle s'était fait voler son smartphone et que Martinot s'en était servi pour me piéger.

– C'est ce que tu as pensé, ou c'est ce que tu penses maintenant ?

Hugo se prend le visage dans les mains.

– S'il vous plaît, monsieur, dites-moi ce qui lui est arrivé.

– Justement, nous sommes là pour le découvrir. La victime était une de tes amies.

– Oui… Pas ma petite amie, mais une copine de classe. Comment est-ce qu'elle est… (Il émet un rire piteux.) Non, j'ai compris : vous me faites croire qu'elle est morte pour me faire avouer. En fait, elle est à l'hôpital, hein ? S'il vous plaît, monsieur, dites-moi qu'elle va bien ! Elle est pas…

Le chagrin le submerge et il éclate en sanglots. Touché par la détresse du jeune homme, le capitaine baisse les yeux pour révéler :

– Elle a été retrouvée noyée dans le canal, ce matin à l'aube. Si on en croit les traces de coups sur son visage, elle a été sauvagement frappée avant d'être jetée à l'eau. Le meurtre n'était peut-être pas prémédité, mais l'agression, cela ne fait aucun doute.

Hugo redresse vivement la tête pour offrir au policier une expression de total effarement. Il reste abasourdi quelques instants, puis déclare :

– Ce n'est pas moi qui ai fait ça, je vous le jure ! Pourquoi est-ce que j'aurais tué Judith ? Je l'aimais bien, et elle aussi, je crois.

– Ah bon ? D'après ce qu'on m'a dit, tu as été filmé lors d'une fête en train de passer une dérouillée à des garçons de ton âge parce que, je cite le témoin qui a enregistré la scène, tu aurais agressé sexuellement cette jeune fille.

En entendant cela, Hugo écarquille les yeux d'effroi. Soudain, il se lève comme un fauve en hurlant :

– NON ! C'est faux ! MENSONGE ! Je vais massacrer les salauds de Mariniers qui vous ont raconté ça !

– Oh là ! Doucement, mon garçon, réagit le capitaine et prenant du recul. Est-ce que tu te rends compte que tu es en train d'aggraver ton cas ?

Frémissant d'émotion, Hugo hoche la tête. Un policier en tenue, entré dans la pièce sans qu'il s'en rende compte, l'oblige assez fermement à se rasseoir. Ensuite, il demande à l'officier s'il doit attacher le prévenu à sa chaise. Antoine Ronet fait non de la tête.

– Sauf si tu comptes me sauter à la gorge pour me massacrer, moi aussi ? demande-t-il néanmoins, de manière manifestement provocante.

– Oh non, je suis désolé, monsieur. Mais… cette vidéo, c'était pour pourrir ma réputation. Demandez à mon copain Bastiani, à Morgane, à tous ceux qui étaient présents à la fête.

– Je le ferai. Ne t'inquiète pas, ce n'est pas ce qui m'intéresse pour le moment. Revenons-en à ce rendez-vous au bord du canal.

– J'y étais, c'est vrai, mais comme je vous l'ai dit, pas Judith.

– L'ennui, c'est qu'un témoin t'aurait aperçu avec elle, près de cette passerelle piétonne, hier soir, à 19 h 40. Pas dessus, mais… dessous.

Le capitaine se tait pour observer la réaction de son suspect. Celui-ci se pétrifie de consternation.

Quelqu'un ? Mais… qui ? C'est impossible, puisque Judith n'était pas là quand je suis arrivé.

– Un promeneur.

Hugo essaie de réfléchir, de rassembler ses souvenirs, mais il est dans un tel état de fébrilité émotionnelle qu'aucune pensée construite ne parvient à se former dans sa conscience ravagée. Un instant, il est même saisi d'un doute : et si, effectivement, il avait bien retrouvé la fille sous la passerelle ? Et si la situation avait mal tourné, qu'il avait frappé Judith, parce que… parce que… Ça n'a aucun sens, mais il sait que l'esprit humain est parfois capable de nier la réalité, et même d'effacer de sa mémoire des événements trop traumatisants. Et comme s'il ne s'était pas assez enfoncé lui-même, il lâche, en forme d'aveu :

– Je suis désolé. Je suis tellement désolé…

Vidé de toute l'énergie qui lui aurait permis de reprendre ses esprits, de résister à ces fausses évidences, il garde le silence, tête baissée. Nullement perturbé par cette attitude de renoncement manifeste, le capitaine se met à prendre des notes sur un carnet, puis à faire des recherches sur son ordinateur. Le silence est épouvantable, accusateur… Hugo comprend que son sort est désormais scellé, et que ce sera devant le juge, puis dans un tribunal que le dénouement de cette horrible affaire va se jouer.

Comme il regrette ! Tout ! Tout ce qu'il a fait et pas fait depuis ce jour où il s'est cru plus intelligent que les autres, en se plaçant au-dessus de la mêlée, puis en y entrant, et finalement en s'y vautrant à coups de prises de taekwondo comme n'importe lequel de ces jeunes fiers à bras, pour qui la notion de « *no limit* la violence » n'a aucun sens. Aucun sens…

jusqu'à ce que se produise un drame. Dans son histoire, c'est un double drame, celui d'une guerre de quartier qui se termine par l'irrémédiable, et le sien, celui d'un innocent dont la vie sera brisée par une terrible injustice.

18

Confrontation décisive

Hugo reste mutique un long moment, sans parvenir à s'extraire de sa confusion mentale qui lui fait douter de tout, à commencer de lui-même. Jusqu'à ce que soudain, une question surgisse dans sa conscience :

– Est-ce Marion Lamarque, votre témoin ? demande-t-il au capitaine.

– Non.

– Alors c'est son copain, Lukas. Lukas Martinez. C'est lui, hein ? J'en suis sûr !

Bizarrement, un espoir fou le regonfle. Il fixe le policier et reprend avec une parfaite maîtrise :

– Ce sont eux les coupables, monsieur. Et je vais vous dire pourquoi et comment.

– Je te trouve bien sûr de toi, mon garçon.

– Relevez les empreintes sur l'écran du smartphone de Judith et comparez-les avec celles de ces deux salopards. Moi, je n'ai fait que le ramasser et le mettre dans mon sac à dos.

– D'accord. On va le faire, même si cela ne suffira pas à prouver ton innocence. En attendant, il se trouve qu'on est allés chercher cette Marion Lamarque…

– Confrontez-nous ! s'écrie Hugo.

Puis, un ton en dessous :

– S'il vous plaît, laissez-moi lui parler. En votre présence, bien sûr. Je suis sûr que je pourrais lui faire avouer… Enfin, je veux dire…

Le policier réprime un sourire :

– C'est plutôt mon travail, les aveux. Les confrontations aussi.

Sans ajouter un mot sur ses intentions, l'officier de police se lève et sort, laissant son suspect frémissant d'espoir sous la surveillance d'un agent en tenue.

Il est bientôt de retour, mais n'est pas seul. Marion le suit, à qui il demande de prendre place sur la chaise libre à la droite d'Hugo. Ce dernier dévisage la jeune fille avec autant d'inquiétude que d'hostilité. De toute évidence, cette petite garce a opté pour la stratégie de l'innocente qui tombe des nues. Et il s'attend à ce qu'en bonne comédienne, elle pleure sur le sort tragique de sa « meilleure copine », et à ce qu'elle crache sa rancœur sur son meurtrier ici présent. Malgré cela, il perçoit un certain manque d'assurance sous ce masque de détermination. Sans même laisser le temps au capitaine de s'installer derrière son bureau, il attaque, tout doux d'abord :

– Marion, on sait tout. Mais il faut que ce soit toi qui expliques ce qui s'est passé à la passerelle de Fer.

Elle le poignarde du regard :

– Qu'est-ce que tu racontes ? (Puis, s'adressant à Antoine Ronet.) C'est quoi cette histoire ? Vous savez tout quoi ? Il m'accuse, moi ?

– On ne t'accuse pas. On veut juste…

Le policier l'interrompt :

– Oh là, doucement, Hugo ! Ici, c'est moi qui distribue la parole et pose les questions. Ne te prends pas pour ce que tu n'es pas. Nous sommes d'accord ?

Le policier doit se dire qu'il ne manquerait plus qu'il devienne un simple spectateur de « sa » confrontation, que va retranscrire mot pour mot une collègue policière qui s'est installée à un autre bureau pour la saisie sur ordinateur. Hugo accuse réception du message d'un hochement sec de la tête. Il est maintenant à cran et sait qu'il est urgent pour lui de pratiquer les exercices respiratoires de maîtrise zen que lui a enseignés maître Cheng.

– Essayons de remonter un peu dans le passé, reprend le policier. Marion, nous savons que tu avais pris en grippe ton ancienne amie Judith, au point de la harceler gravement… Tss, tss, ne nie pas, s'il te plaît, ou je croirais que tu es une menteuse. (Marion se décrispe.) Ce serait fâcheux pour ce que tu pourrais déclarer, même si ce n'est pas encore sous serment. Mentir à un policier dans une affaire criminelle est grave, très grave. Tu en es bien consciente, j'espère ? (Déstabilisée, la fille acquiesce nerveusement de la tête.) Comment est-ce que ça a démarré ?

Elle baisse les yeux, puis laisse planer un long silence avant de répondre, avec un haussement d'épaules :

– Je sais pas. C'était une fille du quartier des Tanneries, et nous, on est des Mariniers. Elle avait pas le droit de draguer un mec d'en face. C'était de la provoc. Je voulais juste qu'elle comprenne.

– En somme, c'était une punition ? Et tu penses que cela justifiait une telle méchanceté ?

– Je sais pas. C'étaient des embrouilles de filles… et de quartiers. Normal, quoi.

Hugo brûle d'intervenir, mais se tait. Le capitaine poursuit d'une voix neutre, en bon psychologue :

– Selon toi, humilier une camarade de classe, rendre publiques des photos gênantes qui pouvaient lui valoir les pires moqueries, c'est juste… normal ? Et une violence entre jeunes qui mène à la mort de l'un d'eux, c'est quoi ? Un simple accident ?

– Non, mais ça s'est emballé. Qu'est-ce que j'y pouvais, moi ? Les deux bandes se bagarraient à mort depuis des semaines. Celle à Martinot voulait faire payer sa trahison à Hugo…

– Sa trahison ? Quel rapport avec Judith ? Avec la mort de Judith ?

La jeune fille relève le nez, son expression trahissant qu'elle vient d'en dire trop.

– Le rapport c'est… Je sais plus. Fallait un coupable… (Elle bredouille, jette un regard vers son voisin. Elle se rend compte qu'elle est en train de lâcher le morceau, c'est évident.) Je suis désolé, Hugo.

Elle craque ou quoi ? Alors, le garçon laisse s'exprimer son instinct, parce que d'une certaine manière, lui aussi est à deux doigts de craquer – non pour avouer, mais pour clamer de nouveau son innocence et ses regrets d'avoir apporté sa contribution à cet engrenage infernal. Il s'empare de la main gauche de l'adolescente puis, la serrant comme si elle était sa sœur ou une amie, supplie :

– Marion, il faut arrêter ça. Tu sais ce qu'il s'est passé, n'est-ce pas ? Dis-le. La vérité finira de toute façon par se savoir. Qu'est-ce qui s'est passé sous la passerelle ? Par pitié, dis-le-nous. On n'est plus dans des disputes de gosses, là. C'est de la mort de Judith qu'on parle. La mort ! S'il te plaît…

Les larmes lui viennent aux yeux et elles sont sincères. Marion soutient quelques instants son regard implorant, se mord les lèvres, puis comprend enfin que le monde réel est bel et bien en train d'imposer sa loi. Elle approuve d'un léger mouvement de tête, et enfin raconte. Tout, et en détail.

19

Tout ça pour ça

Toutes les chaînes de télévision, les radios nationales et locales, les journalistes de la presse écrite quotidienne et de magazines – même des blogueurs – ont afflué en masse, se sont répandus partout dans les quartiers des Tanneries et des Mariniers, jusque dans les jardins des maisons de présumés protagonistes. Il paraît même qu'on en a vu monter dans des arbres pour prendre des photos au téléobjectif. De quoi ? De qui ? Qu'importe, pourvu que cela puisse servir de visuel à un article ou un reportage, si creux soit-il, qui remplira de précieuses minutes d'audience ou de coûteux centimètres carrés de papier ou de pages web.

Comment en vouloir à ces hordes de chasseurs d'infos ? Ils font leur boulot. C'est ainsi qu'ils gagnent leur vie, et c'est ce que le grand public attend d'eux.

Ce dimanche, les premiers sont arrivés sur le terrain dès le début de l'après-midi. Ils auront sans doute bénéficié de l'appel d'un voisin, d'un gamin ou d'un témoin bien intentionné. Certains l'auront fait contre une menue gratification, à l'instar du « Téléphone rouge » d'Europe n° 1 d'autrefois, devenu le téléphone rouge numérique. En moins de deux heures, les sites web d'information proposent leurs reportages « exclusifs » sur « Ce que l'on sait de l'assassinat d'une adolescente de 14 ans », « Meurtre de Judith : l'assassin est un camarade de collège », ou encore « Mort d'une adolescente sur fond de guerre de quartiers. » Rien que du grand ordinaire en cette deuxième décennie du troisième millénaire.

***

Hugo ne sait rien de tout cela, même s'il le devine aisément. Quatre heures après son interpellation, il est toujours en garde à vue, bien que son interrogatoire soit terminé. Il a vu une avocate qui lui a expliqué qu'il ne serait pas inculpé après les aveux de Marion Lamarque. La femme a même laissé entendre qu'il serait libéré avant la fin de la journée. Et puis, il a pu brièvement serrer dans ses bras ses parents, encore plus effondrés que lui. C'est d'ailleurs lui qui les a rassurés. Un comble !

À 15 heures passées, le capitaine entre dans le bureau où il a été demandé à Hugo de patienter. La seule angoisse du jeune homme désormais est que les médias aient déjà diffusé son nom et sa photo. Même avec des points d'interrogation énormes, c'en serait fini de sa réputation. Des légions de juges des rues l'auront en trois formules assassines inculpé et condamné et, d'une certaine manière, exécuté. Et l'on sait que même lorsque le véritable coupable est trouvé, il s'en trouve toujours pour laisser planer le soupçon, insinuer perfidement une possible – probable – complicité. C'est à vomir ! Mais c'est le monde moderne, la société de l'information instantanée, de la diffusion d'infos à la vitesse de la lumière. Et en effet, une nausée diffuse le tourmente, traduction somatique de ses ruminations mentales.

– Tout va bien ? s'enquiert le capitaine. Je te trouve un peu pâle. Veux-tu que je fasse venir un médecin ?

– Non merci, capitaine. Ça ira. Est-ce que vous avez mis Marion en prison ?

Le policier sourit. On croirait que la question l'amuse.

– Dans ce pays, quand on peut l'éviter, on ne met pas des enfants en prison, même si, malheureusement, cela peut arriver. C'est maintenant au juge d'en décider. De toute façon, ce n'est plus ton problème puisque notre enquête a avancé plus rapidement qu'on pouvait l'espérer. Un peu grâce à toi.

– Vous avez arrêté Lukas ?

– Il est en fuite. Tu as de la chance, si je puis dire, que sa complice soit passée aux aveux sans trop se faire prier. Elle a sans doute estimé qu'elle avait plus intérêt à charger son copain qu'à le protéger en mentant.

Par téléphone, on annonce alors au capitaine que les parents du garçon attendent dans le couloir de pouvoir retrouver leur enfant et le ramener à la maison. De nouveau, Hugo tombe dans leurs bras. Le policier leur livre alors un rapide compte rendu de l'affaire :

– D'après les déclarations de Mlle Lamarque, voilà ce qu'il s'est passé. Cela faisait plusieurs semaines qu'elle et son petit ami étaient en conflit avec Judith…

Même qu'ils la harcelaient ! l'interrompt Hugo.

– C'est ça. Notamment ces derniers temps sur les réseaux sociaux. Ils ont réussi à pirater son compte Instagram pour publier des photos d'elle à demi-nue.

– Complètement nue ! s'exclame le garçon.

– C'était leur intention. Il y aurait eu une bagarre jeudi, à la sortie du collège entre Judith et Marion, à cause de la diffusion de certaines de ces photos volées. Nous avons appris par la copine de Judith…

– Morgane.

– Morgane… que Marion aurait donc menacé de diffuser cet autre cliché où cette fois, oui, Judith était dans une situation encore plus embarrassante. Finalement, avec Lukas, Marion aurait donné rendez-vous à la victime au bord du canal pour une explication. Elle prétend que c'était pour s'excuser et faire la paix. Elle raconte qu'au lieu d'accepter son repentir, Judith se serait de nouveau mise en colère, l'aurait agressée physiquement, et que c'est pour cette raison que Lukas l'aurait poussée, juste poussée, ce qui aurait causé sa chute dans le canal. En réalité, il l'a frappée avec une extrême violence, probablement au point de l'assommer. Toujours est-il qu'ils auraient fini par jeter Judith dans le canal et se seraient enfuis.

– Et le smartphone ? demande le père d'Hugo. Ce n'est donc pas Judith qui a envoyé le SMS d'appel au secours à notre fils ?

– Marion a d'abord prétendu que Lukas avait imaginé lui faire porter le chapeau en le faisant venir sur les lieux du crime. La vérité, c'est que c'est

Marion qui a tapé le SMS que tu as reçu, Hugo, puisque ce sont ses empreintes qu'on a retrouvées sur le smartphone de Judith. En fait, ce que je crois, c'est que de bout en bout, c'est elle qui a tout planifié. Lukas n'était que son bras armé, un pauvre idiot sous son emprise mentale. Mais bon, ce sera au tribunal d'en juger…

– Elle a vraiment tous les vices, cette jeune fille, commente Mme Lancelot.

– Hélas ! Voilà toute l'affaire. Bilan : une jeune fille de quatorze ans tuée, la vie de deux adolescents bousillée, et trois familles ravagées. C'est cher payé pour des disputes d'enfants. Si seulement ces deux gamins avaient pu, ne serait-ce qu'un instant, y réfléchir avant de commettre l'irréparable…

Le policier fixe Hugo dans les yeux, comme si cette conclusion s'adressait aussi à ce dernier. Puis, ne voyant sans doute rien d'autre à ajouter, le capitaine serre la main des parents et du jeune homme.

***

C'est enfin l'heure de retourner à la maison. Hugo devrait bondir de joie, mais il a juste envie d'embrasser encore et encore ses parents, de s'excuser, de s'enfermer dans sa chambre et de dormir, de sombrer dans le gouffre de l'oubli, aussi longtemps que possible.

20

Un combat pour les chefs

La raison commandait qu'Hugo ne retourne pas au collège avant deux ou trois jours, le temps de se remettre de ses émotions. La raison, mais aussi le médecin de famille et ses parents ont tenté de l'en convaincre. Rien n'y a fait. Non pas pour jouer les héros ni pour s'imaginer chevalier Jedi invincible ; simplement parce que rien ne lui semblait plus cruel que de se retrouver seul avec lui-même. De surcroît, il n'a eu aucune réponse de son mentor, malgré plusieurs demandes de contact. Il a été jusqu'à tenter un appel téléphonique, sans succès. Sur le répondeur du mobile, il a pourtant laissé un message sans ambiguïté : « Maître Cheng, j'ai besoin de vous parler. Il s'est passé quelque chose de grave. S'il vous plaît, appelez-moi ou répondez à ma demande de conversation. Merci. » C'est incompréhensible, affreusement anxiogène et franchement décevant.

Dès ce lundi, le voici donc qui franchit la grille du collège à pied, contrairement à son habitude, sa mère ayant tenu avec insistance à le déposer. Rémi se précipite à sa rencontre, comme s'il guettait son arrivée :

– Hugo, comment tu vas ? Je t'ai envoyé plein de messages, mais…

– J'avais éteint mon téléphone.

– OK. Je comprends. Et…

– Ça va. J'ai connu des jours meilleurs, mais ça va, merci.

Les deux amis se dirigent lentement vers le préau, où se sont formés des groupes de discussion plus fournis que d'habitude. L'atmosphère est manifestement pesante. Hugo ne peut s'empêcher de soupirer en songeant que, finalement, il aurait peut-être mieux fait de rester au lit.

– Allez, vas-y, Rémi. Qu'est-ce que tu veux savoir ? demande-t-il tout à coup, ayant bien perçu la nervosité de son copain.

– Sur ton arrestation, ton interrogatoire et la mort de Judith ? En fait, rien. Je crois que je sais déjà tout, et peut-être même plus. Parce que je ne sais pas si tu as vu sur Internet, mais c'est la folie. J'ai même lu sur un site que tout ça était de la faute du gouvernement, parce qu'il avait tout organisé avec les services secrets pour influencer les prochaines élections.

Hugo hoche la tête, avec un sourire triste.

– Pas bête. Mais en fait, c'est un peu compliqué. À toi, je peux bien le dire… mais s'il te plaît, jure-moi que tu le garderas pour toi. (Ils s'immobilisent au milieu de la cour pour se faire face. Rémi le considère, intrigué.) Je suis très sérieux, Rémi. Ma vie et celle de ma famille, peut-être même la tienne, seraient en grand danger (Rémi pâlit légèrement). La vérité, c'est que… Voilà, je ne suis pas un être humain. Mais ça, tu le sais déjà. Je suis une créature extraterrestre venue dans cette ville pour répandre la paix et mettre fin à toute forme de violence. Bon, sur ce coup-là, j'avoue, j'ai échoué. Mais je ferai mieux la prochaine fois.

– Mince alors ! fait mine de s'extasier son copain. Moi qui croyais que tu venais du futur et que tu étais un chevalier Jedi. J'ai tout faux.

Les deux copains s'étreignent brièvement en signe d'amitié.

– Oui, c'est ça, reprend Hugo, avec une pointe de tristesse dans la voix. Je suis un extraterrestre Jedi qui a échoué lamentablement. Et à part ça, quelles sont les nouvelles ?

– Le collège propose aujourd'hui une cellule de soutien psychologique pour ceux qui le veulent, si ça te dit.

– Beaucoup. Et à part ça ?

– Les copines de Judith sont en train d'organiser une marche blanche pour mercredi après-midi. Tu y seras ?

Hugo exprime son indécision par une mimique d'embarras.

– Je ne sais pas. J'ai peur qu'on s'en prenne à moi.

– Pourquoi ça ? Tu n'as rien à voir avec l'assassinat de Judith !

– Mouais. D'un autre côté, si on ne m'y voit pas…

Le collégien réfléchit tout en observant la foule grossissante des élèves qui bruisse de consternation, d'indignation, de révolte, et même de pleurs ici ou là. C'est alors qu'il lui vient une idée en apercevant quelque chose – quelqu'un plus exactement.

– Il faudrait que Verbinsky et Martinot y soient, dit-il.

– Ils y seront.

– Tant mieux, mais ça ne suffira pas.

– Ah… tu trouves ? C'est déjà énorme.

– Tu vois Greg Martinot ; là-bas, près du grand tilleul ? Va le chercher et dis-lui de me retrouver sous le préau. J'y serai avec Verbinsky.

– Euh… tu nous prépares quoi, là ?

– Je vais leur proposer un combat des chefs.

– Pardon ?

– Tu vas adorer. À tout de suite…

***

Peu après, Greg Martinot et Alexis Verbinsky se regardent, déconcertés par ce que vient de leur proposer Hugo Lancelot. Rémi Bastiani a pour sa part piqué du nez.

– Un combat comment ? finit par s'enquérir le chef de la bande des Mariniers.

Hugo paraît goûter ce moment avec délice.

– Sur un terrain neutre, le stade par exemple. Avec des arbitres, si possible impartiaux. Devant un max de monde, tout le collège, vos potes, et les potes de vos potes. J'essaierai de faire venir la presse locale… Enfin voilà, ça risque d'être une bagarre mémorable.

Rictus acides des deux chefs de bande.

– Tu te fous encore de nous. Tu crois que c'est de circonstance ? s'indigne Alexis Verbinsky.

– Attendez, je n'ai pas fini. Quand je dis combat des chefs, ce sera avec des règles de jeu strictes et un esprit sportif irréprochable… Ne faites pas cette tête ! (Il rit.) C'est à un match de foot que je pense. Chacune des deux équipes, dont vous deux serez les capitaines, sera composée d'autant de joueurs des Mariniers que des Tanneries, et de joueuses aussi ! J'y tiens. Par contre, est-ce que vous vous croyez capables de jouer en vous mélangeant équitablement, sans vous massacrer à coups de crampons ?

Silence. Le temps suspend son vol. Soudain, Greg et Alexis éclatent de rire. Rémi suit mollement. Hugo se contente d'afficher sa satisfaction.

– C'est OK pour les Mariniers, annonce Greg.

– Ça pourrait être marrant, confirme son rival. Mais qui va former les équipes ?

– Pour le buteur dans la mienne, je mets une option sur Lamartine, annonce Greg.

– Quoi ? Tu rigoles ! proteste l'autre capitaine. C'est le meilleur joueur de la région. Il paraît même qu'il pourrait entrer en équipe de France junior l'année prochaine !

– En fait, explique Hugo, j'ai pensé que ça se déciderait par tirage au sort pendant une récré, devant tous les élèves du collège. Mais ce sera à vous de fournir la liste des noms.

Encore une petite hésitation pour la forme, puis la proposition est adoptée à l'unanimité. Les deux chefs se séparent avec un check cordial et une petite pique de défi.

Greg prévient, en le pointant du doigt :

– Gaffe, mec, on va vous mettre la honte du siècle.

– C'est ça, mon petit. Prépare les Kleenex. On va demander à la cellule de soutien psychologique de s'installer dans votre vestiaire, pour vous consoler à la fin du match, réplique Alexis, crâneur.

De nouveau seul avec son copain, Rémi lance :

– Alors là, bravo, l'Extraterrestre. Tout à l'heure, j'écris au président de la République pour qu'il te donne la Légion d'honneur.

– Ce n'est pas moi qui la mérite. C'est toi. Souviens-toi quand tu nous as dit qu'il valait toujours mieux s'affronter sur un terrain de foot que sur le parking qui est derrière.

Épilogue

Pour Hugo, cette journée de classe n'aura pas été aussi éprouvante que ce qu'il avait craint, du moins au début. Après, ça s'est un peu gâté, avec ces curieux de caniveaux qui voulaient l'entendre raconter sa vérité sur le meurtre de Judith, les soupçonneux qui lui adressaient des regards en biais accusateurs, les dragueurs qui croyaient pouvoir accéder au rang de courtisan d'une des vedettes du moment, ou encore les stratèges d'après la bataille qui vous expliquent ce qu'il aurait fallu faire, où, quand, comment et pourquoi… Rémi était là à chaque fois, intervenant gentiment, mais fermement, pour repousser ou recadrer les importuns. Un vrai bodyguard ! Si bien que son protégé a fini par lui demander de lui laisser un peu d'air. Cependant, il ne l'a dit qu'une seule fois et sans grande conviction, parce qu'à la réflexion, la fatigue d'une journée d'épreuves, puis d'une nuit cauchemardesque, l'avait privé de son répondant habituel. Ils ne se sont finalement pas quittés de la journée.

À la sortie de 17 heures, ils sont donc encore ensemble, quand soudain, Hugo se fige, comme victime d'un sort de pétrification.

– Oh là ! Qu'est-ce qui t'arrive ? Une attaque cérébrale ? réagit Rémi.

Il scrute les quelques parents venus chercher leur progéniture, et aperçoit parmi eux un visage connu : celui de Mme Lancelot. À la droite de cette femme blonde, élégante, mais sans ostentation, se tient, mains croisées devant lui, un monsieur d'origine asiatique. Il n'est pas très grand, mais robuste, cheveux gris et le crâne un peu dégarni ; il affiche une expression très subtilement souriante.

– C'est qui, le vieux avec ta mère ? demande Rémi.

N'obtenant pas de réponse, il regarde son copain qui est littéralement paralysé. Ce qui finit par l'inquiéter :

– Y a un problème ?

– Non, pas du tout, mais… Je ne m'attendais pas… Viens, je vais te présenter à maître Cheng.

***

Mais pourquoi donc l'ancien professeur de taekwondo se trouve-t-il à la sortie du collège Voltaire ? Aurait-il fait plus de onze heures d'avion juste pour assurer, en présentiel, le soutien psychologique de son ancien élève ? Ce serait déraisonnable, voire absurde. Mais quelle autre explication ?

Tout le monde est à présent réuni dans le salon de la famille Lancelot, autour d'un rafraîchissement servi sur la table basse en verre dépoli. Rémi a été invité à se joindre à cet apéritif d'accueil, à son grand étonnement, mais pour son plus grand bonheur. Hugo, de son côté, n'en revient toujours pas. Il n'a d'attention que pour son mentor, qui ne cache pas sa joie profonde de retrouver ses amis du bout du monde.

– Tout va bien, maître, je vous assure ! déclare-t-il avec le plus de conviction possible. J'ai pris une grande claque dans la figure, c'est vrai, mais je survivrai. Et puis, ce n'est pas moi qui suis le plus à plaindre dans cette histoire, vous vous en doutez. C'est vrai qu'à un moment j'ai eu besoin de vous parler. Mais par messagerie, ou même par téléphone, aurait suffi. Vous vous rendez compte ? Faire tout ce chemin pour… enfin, juste pour moi, c'est… Non, vraiment, fallait pas, maître Cheng. N'empêche, je suis super content de vous voir.

Le professeur d'arts martiaux écoute, sourit, hoche la tête… et garde le silence. Jusqu'à ce qu'enfin, Mme Lancelot intervienne pour suggérer :

– Maître Cheng, peut-être pourriez-vous leur annoncer votre projet ?

– Oh oui, bien sûr. (Rémi et Hugo se regardent, intrigués.) Hugo, accepterais-tu de m'accompagner dans un voyage que je dois faire depuis fort longtemps ? Je n'ai cessé de le repousser pour de mauvaises raisons, mais je crois que le moment est venu de l'accomplir.

– Euh… oui… Oui, bien sûr, maître. Avec plaisir ! Ce serait pour aller où ?

– Au sommet du mont Fuji, pour commencer…

– Waouh !

– Puis, j'aimerais gravir les sentiers menant au monastère bouddhiste Paro Taktsang, au Bhoutan. Nous pourrions achever notre périple par la visite de ce lieu merveilleux dont tu m'as parlé, Hugo, après avoir vu un film de karaté qui t'avait beaucoup plu…

– *Karaté Kid* ! s'exclame Hugo. C'est quand il visite un temple en Chine avec son maître, Jacky Chan.

– Les monts Wudang*. Nous partirions le premier jour des vacances de la Toussaint. Retour le 2 novembre. Si Rémi le souhaite, je serais heureux qu'il se joigne à nous.

L'intéressé sursaute. Bouche bée, il porte la main à sa poitrine :

– Moi ? Euh… c'est que…

---

* Les monts Wudang sont une chaîne de montagnes en Chine. Selon la légende, ils sont considérés comme l'un des berceaux des arts martiaux taoïstes, dont le tai-chi chuan.

– Naturellement, je prendrai en charge tous les frais du voyage, sauf les cartes postales.

C'est au tour de Rémi Bastiani d'être ému aux larmes. Peut-être parce que de sa vie, on ne lui a jamais accordé une telle importance. La conversation continue, joyeuse, puis grave… et en tout passionnante.

***

Quelques semaines plus tard, Rémi et Hugo sont dans l'avion, avec leur accompagnateur, qui est assis près du hublot à contempler l'azur infini. Ils volent vers l'autre bout du monde, destination le pays du soleil levant. Très émus, les deux garçons visionnent sur une tablette numérique un reportage du JT de 20 heures de *France 2*. On y voit vingt-quatre joueurs de football, des adolescents de quatorze ou quinze ans, alignés sur le terrain, les bras passés par-dessus les épaules de leurs voisins. Maillots bleus et maillots blancs sont mélangés. Les deux capitaines sont au centre, qui présentent à la caméra la photo encadrée de Judith Gautier. Tous affichent un air grave. Certains luttent visiblement contre leur émotion.

Rémi émet un commentaire, alors que le reportage montre les tribunes remplies de spectateurs debout, silencieux, respectueux :

– Quand je pense qu'ils ont fait match nul. Tu crois qu'ils l'ont fait exprès ?

– Bien sûr. Mais ça ne s'est pas vu, répond son ami.

Puis, se tournant vers leur accompagnateur, à sa gauche :

– Maître, vous voulez voir le reportage ?

– Plus tard, répond son ancien professeur d'arts martiaux. C'était une belle idée, commente-t-il après un long silence. Et je ne suis pas étonné que cela ait contribué à apaiser les tensions entre ces jeunes. Rémi m'a dit que tu avais envie de raconter ces événements dans un livre.

– Oui, enfin, peut-être pas un livre… Mais j'aimerais bien partager ce qu'on a vécu ensemble. Ça pourrait servir à d'autres.

– Intéressant. Quelle en serait la leçon de vie la plus importante ?

Hugo tord la bouche de perplexité.

– Que la violence, c'est pas bien.

Le maître ne bronche pas ni ne dit mot, mais à l'évidence, cette réponse minimaliste ne lui suffit pas. Replongeant son regard à travers le hublot, il interroge l'autre adolescent :

– Et toi, Rémi, que répondrais-tu ?

– Moi ? Vous savez, je ne suis pas très doué pour donner des leçons de vie.

Maître Cheng tourne brusquement la tête, lui offrant un visage étonné :

– Je pense exactement le contraire.

Interpellé, le jeune homme fronce les sourcils. Dans sa tête, les idées, les mots et les souvenirs tourbillonnent, jusqu'à ce qu'il en sorte ceci :

– Au début de cette histoire, Hugo disait que les bandes de quartier étaient comme des meutes de hyènes ou de chacals, avec leur hiérarchie et leur façon de fonctionner basée sur les rapports de force, et donc la violence. En y réfléchissant, je me dis que ce qui fait la différence entre un être humain et un animal, c'est sa façon de gérer ses problèmes…

– Ses émotions et ses rivalités, enchaîne Hugo pour ne pas être en reste.

– C'est bien cela, approuve maître Cheng. En chacun de nous, il y a un animal sauvage qui ne demande qu'à reprendre sa liberté. Si nous ne possédons pas assez de caractère, d'autorité ou de volonté pour le maîtriser, c'est lui qui prend le pouvoir. Dès lors, tout devient possible, jusqu'au pire. Nous sommes ainsi faits que notre part de sauvagerie cherche toujours à dépasser les limites, un petit peu, un petit peu encore, et si ça marche, jusqu'à les faire toutes sauter. Le grand défi de l'être humain pour être vraiment humain est assez simple à résumer : il faut qu'il dompte la bête en lui, sinon, elle se jettera sur lui et le dévorera.

Silence méditatif qu'Hugo finit par rompre pour déclarer :

– Eh bien, je suis bien encadré, moi, entre un grand sage et un super-humain… Je veux dire, un humain super.

Les deux adolescents se cognent l'épaule amicalement.

– As-tu pensé à un titre pour ton récit ? demande encore maître Cheng.

– Oui. *No limit la violence.*

FIN…

Ce livre vous a plu ?

Inscrivez-vous sur notre site www.scrineo.fr
et téléchargez des bonus, recevez nos newsletters
et toutes les informations sur nos prochaines parutions !

Vous pouvez également nous suivre
sur nos réseaux sociaux pour être au courant
de nos dernières actualités :

@EditionsScrineo

@scrineo

@Scrineo

Imprimé en France par Aubin Imprimeur
Cet ouvrage a été imprimé sur un papier issu
de forêts gérées durablement, de sources contrôlées.

Loi n° 49-956 du 16 juillet 1949 sur les publications destinées
à la jeunesse, modifiée par la loi n° 2011-525 du 17 mai 2011.

IMPRIM'VERT
Votre imprimeur agit pour l'environnement

PEFC
10-31-1601
Certifié PEFC
pefc-france.org